KB114631

얼라이브

얼라이브 8

노쓰우드 장편 소설

초판 1쇄 찍은 날 § 2015년 6월 8일
초판 1쇄 펴낸 날 § 2015년 6월 15일

지은이 § 노쓰우드
펴낸이 § 서경석

편집책임 § 박은정

펴낸곳 § 도서출판 청어람
등록번호 § 제387-1999-000006호
등록일자 § 1999. 5. 31
어람번호 § 제1-2144호

주소 § 경기도 부천시 원미구 부일로 483번길 40 서경B/D 3F (우) 420-822
전화 § 032-656-4452 팩스 § 032-656-4453
http://www.chungeoram.com
E-mail § chungeorambook@daum.net

ⓒ 노쓰우드, 2015

ISBN 979-11-04-90265-9 04810
ISBN 979-11-04-90086-0 (세트)

※ 파본은 구입하신 서점에서 교환하여 드립니다.
※ 저자와 협의하여 인지를 붙이지 않습니다.
※ 이 책은 도서출판 청어람과 저작자의 계약에 의해 출판된 것이므로,
　무단 전재 및 유포 · 공유를 금합니다.

노쓰우드 장편 소설

FUSION FANTASTIC STORY

8

얼라이브

[완결]

ALIVE

도서출판

청람

CONTENTS

1장

김시연

장택근은 지끈거리는 머리를 부여잡았다. 입이 바짝 마르
고 목이 까끌까끌한 게 까나리액젓이라도 한 사발 들이켠 것
처럼 영 개운하지가 않았다.

　　심장이 뛸 때마다 불끈거리는 관자놀이 탓에 머리가 아파
왔다.

　　떠지지 않는 눈을 억지로 뜬 그는 갑작스레 몸을 벌떡 일으
켰다. 뒤늦게 전날의 기억이 희미하게 떠오른 탓이다.

　　상체를 일으키자 몸을 덮고 있던 새하얀 이불이 흘러내리
는데 매끈한 피부가 그대로 드러났다. 실오라기 하나 걸치지

않은 자신의 몸을 발견한 그는 침음을 내뱉었다.

"끄응."

역시 꿈이 아니었다.

'괜찮아요? 이봐요!'

'몇 호죠?'

'잠깐 씻고 올게요.'

끈적끈적한 여인의 음성이 생생하게 떠올랐다. 모처럼 술다운 술을 마셨다고 생각하고는 과음을 한 자신은 인사불성이 되었다. 몸조차 가누지 못해 라운지에서 추태를 보이고 말았다.

그리고 라운지의 직원과 낯선 여인의 도움을 받아 간신히 자신의 객실에 도착하고는······.

"미쳤구나. 드디어 정신이 어떻게 돼버렸구나."

저도 모르게 한숨이 새어 나왔다.

새하얀 나신이 눈앞에 아른거렸다. 고혹적인 몸짓으로 온몸을 떨어대던 여인의 모습이 눈앞에 그려졌다.

차라리 기억이라도 하지 못하면 나을 것을 너무도 생생하게 떠오르는 전날의 기억에 그는 인상을 찌푸렸다. 지끈거리는 관자놀이를 꾹꾹 누르며 그는 기억을 더듬었다.

하지만 떠오르는 것이라고는 이름도 모를 여인과의 질편한 정사뿐이었다. 잔뜩 흐트러진 침대의 빈자리를 바라보고 있는데 문이 열리는 소리가 들렸다.

"어? 일어났어?"

추영훈이 문을 열고 들어서다 그런 그를 발견하고는 눈을 동그랗게 떴다.

"무슨 술을 그렇게 마셨어? 여기 숙취해소제하고 해장할 것들 좀 챙겨왔으니까 좀 먹어."

"왔어요?"

잔뜩 갈라진 목소리로 간신히 대답하니 추영훈이 혀를 찼다.

"목소리 봐라. 그래 가지고 내일모레 오디오 작업 할 수 있겠어? 택근 씨, 요즘 대체 왜 그래?"

드물게 핀잔을 주는 그의 모습에 장택근이 한숨으로 대답을 대신했다.

"대체 얼마나 마셨으면 아직도 술 냄새가 이렇게 많이 나."

말로는 불퉁거리면서도 테이블에 숙취해소제와 해장거리를 늘어놓는 그의 손동작이 세심했다.

"와서 좀 먹어. 뭘 좀 먹어야지. 오늘 사무실도 가봐야 하는데 하필……."

"생각 없어요."

사실 속이 불편하다기보다는 술김에 저지른 자신의 만행 때문에 괴로웠다. 장택근이 인상을 잔뜩 찌푸리며 말하니 추영훈이 다가와 억지로 그를 일으켰다.

"아오, 옷은 또 왜 다 벗고 있어. 대충 뭐라도 좀 걸쳐."

장택근의 겨드랑이를 잡고 끌어내던 그가 기겁했다. 그의 호들갑에 장택근이 마지못해 느릿느릿한 동작으로 속옷과 바지를 챙겨 입었다.

　"일레트록스 한국 지사장 김시연? 이건 또 누구야?"

　그가 그렇게 옷을 챙겨 입는다고 꿍꿍거리고 있는데 추영훈이 침대 머리맡에 놓인 명함을 보고는 고개를 갸웃거렸다.

　"연락 주세요?"

　명함의 뒤편에 그리 적혀 있는지 추영훈의 얼굴에 의아함이 떠오르다 순간 그대로 굳었다.

　"택근 씨?"

　나직한 그의 음성에 장택근이 찔끔한 얼굴을 해보이다가 괜스레 테이블에 놓인 숙취해소제의 뚜껑을 열고 벌컥벌컥 들이켰다.

　"지금 이게 무슨 상황이야?"

　얼굴뿐 아니라 그의 목소리마저 잔뜩 굳어 있다. 결국 더는 모른 척 시치미를 떼기 힘들어진 장택근이 우물쭈물 입을 열었다.

　"그게… 저도 기억이 잘 안 나는데… 어제 술을 하도 많이 마셔서……."

　변명이랍시고 하는 말이 가관이라 추영훈이 머리를 짚었다.

　"지금 그래서 객실로 여자를 끌어들인 거야? 누구 마주친 사람은? 누가 데려다줬어? 저녁에 그런 거야?"

잠시 뒤 속사포처럼 쏟아지는 추영훈의 추궁에 장택근은 사실대로 모든 일을 이실직고했다.

"그래? 그 여자, 뭐 별다른 기색은 없었어?"

설명이 끝나자 추영훈이 득달같이 물었다.

"별다른 기색이라면……."

"왜 그런 거 있잖아. 잘나가는 연예인 유혹해서 한몫 잡아 보려는. 아니다. 일레트록스 지사장이나 돼서 그런 짓을 할 리는 없고."

아무래도 혹시 모를 여파가 걱정된 모양인지 그가 카펫 위를 이리저리 오가며 잔뜩 인상을 찌푸렸다.

"미치겠다. 생전 안 그러더니 갑자기 왜 이런 사고를 쳐?"

"죄송해요."

"아니, 나한테 죄송할 건 없지. 내가 택근 씨 사생활까지 터치하고 싶은 건 아닌데 지원 씨는 대체 어쩌려고. 아니, 그래, 까놓고 말해서 같은 남자로 그런 거 다 이해해. 근데 말이야, 지금 택근 씨가 그렇게 막 여자 만나고 다닐 상황은 아니잖아?"

전에 없는 질책에 장택근이 고개를 푹 숙였다.

"영화 찍다가 다쳤어. 일주일 넘게 병원 신세를 져서 지금 매스컴에서는 택근 씨의 열정에 찬사를 보내고 있어. 근데 지금 퇴원하자마자 스캔들 터져 봐. 뭐라고 생각하겠어, 사람들이? 아, 저놈 저거 다 생쇼였구나 할 거 아니야."

구구절절 다 맞는 말뿐이라 그는 변명할 말을 찾지 못했다.

"아오. 내가 진짜 우영 씨 때문에 속상해 죽겠는데 택근 씨까지 이럴 줄은 몰랐다. 믿는 도끼에 발등 찍힌 기분이라고, 지금."

"죄송해요."

"내가 지금 택근 씨 사생활 터치하는 거 아니라는 건 알지? 지금 회사에서는 택근 씨 러닝개런티 더 올린다고 온갖 협상을 다 하고 있는데 택근 씨가 이러다 기사라도 나가면 우리 입장이 뭐가 돼."

그의 말에 장택근이 다시 한 번 고개를 푹 숙이며 죄송하다 말하니 추영훈이 눈을 감고 숨을 가다듬다가 결국 한숨을 내쉬었다.

"알았어. 일단은 지켜보자고. 혹시 모르니까 전화 오는 거 잘 받고, 괜히 먹기 싫은 거 억지로 깨작거리지 말고 나가자."

딴청을 피운답시고 장택근이 숟가락을 들고 괜한 탕만 들 쑤시다가 그의 말에 벌떡 몸을 일으켰다.

"아오, 술 냄새. 일단 씻자. 씻고 나가자."

추영훈이 질색하자 장택근이 자신의 몸에 코를 대고는 킁킁거리다가 민망한 얼굴을 해보였다.

샤워를 끝낸 장택근이 대충 옷을 차려입고 호텔을 나섰다.

추영훈이 미리 호텔에 협조를 구해둔 탓에 직원들이 이용하는 루트로 호텔을 빠져나오니 다른 이들과 얼굴을 마주칠 일이 없었다.

가뜩이나 전날의 일로 다른 이들 보기가 껄끄럽던 장택근인지라 내심 안도의 한숨을 내쉬며 밴에 올랐다.

"일단 대표님한테는 말하지 말고. 괜한 분란 만들지 말자고. 그래도 일레트롥스 지사장이나 되는 사람이 허튼 짓거리를 할 것 같지는 않으니까."

차를 타고 이동하는 내내 또 그의 잔소리가 이어졌다. 같은 말이 수도 없이 반복되니 어지간한 장택근도 질릴 지경이었지만 어쩌랴. 지은 죄가 있는 것을.

그는 내가 죄인이오 하는 얼굴로 추영훈의 말에 그저 고개만 끄덕여 댔다.

"어쨌든 이번 건은 그렇게 넘어가자고. 그건 그렇고 말이야. 어땠어?"

드디어 끝이 났는지 한숨을 내쉬며 하는 추영훈의 말에 장택근이 눈을 동그랗게 떴다.

"예뻤냐고."

"형!"

추영훈의 능글맞은 말에 장택근이 소리를 꽥 질렀다.

그렇게 시끌벅적하게 사무실로 출근하니 마침 김인숙 이

사가 그들을 기다리고 있었다. 비서의 안내를 따라 그녀의 사무실로 들어서니 그녀가 활짝 웃으며 그를 반겨주었다.

"오, 우리 장 배우님 오셨네요. 그간 잘 쉬었어요?"

"아, 네, 뭐……."

아무래도 켕기는 것이 있다 보니 대답을 얼버무릴 수밖에 없었다. 곁에서 추영훈이 눈을 부릅뜨고 눈치를 주는 것을 보고는 장택근이 다시 대답했다.

"잘 쉬었습니다."

그의 말에 김인숙이 눈을 가늘게 떴다.

"흐음. 그런 것치고는 얼굴색이 안 좋은데, 추 실장?"

"네."

역시나 수완 좋고 눈치도 빠른 김인숙이다. 단번에 추영훈과 장택근의 기색이 이상함을 느끼고는 추영훈을 부른다.

"택근 씨, 어디 몸 안 좋아? 컨디션이 영 안 좋아 보이는데."

"그런 건 아니고 어제 술을 좀 마셨답니다. 아무래도 병실에서 내내 갇혀 있다 보니 좀 답답했던 모양입니다."

바짝 긴장한 추영훈이 그렇게 이야기하니 그녀가 날카로운 눈으로 추영훈과 장택근을 살펴보다가 어깨를 으쓱해 보였다.

"뭐, 그런 거라면. 그래도 몸 관리 잘해요, 택근 씨. 항상 제 컨디션을 유지하는 것도 프로의 일 중 하난 거 내가 이야기 따로 안 해도 알고 있죠?"

"네, 알고 있습니다."

그래도 다행스럽게 더는 추궁할 생각이 없는지 그녀가 화제를 돌렸다.

"그보다 택근 씨, 요즘 지원 씨랑은 좀 어때요?"

남모르게 안도의 한숨을 내쉬고 있던 장택근이 그녀의 질문에 화들짝 놀라 눈을 크게 떴다.

"네? 네."

"뭘 그렇게 놀라요. 지원 씨랑 요즘도 잘 만나냐고요."

찔리는 게 있으니 괜한 일에도 깜짝깜짝 놀라고 만다. 장택근이 뒤늦게 표정을 수습하고는 그녀의 말에 대답했다.

"네, 딱히 문제는 없습니다만, 갑자기 그건 왜……."

그래도 연기 짬밥을 허투루 먹은 것은 아닌지라 그가 표정 관리를 제법 잘해내었다.

"전에 말했잖아요. 연애는 택근 씨 마음대로지만 그걸 이용하는 건 회사의 판단이라고."

일전에 그런 이야기를 들은 것 같기도 하다. 그런데 여전히 왜 이런 이야기를 하나 이유를 알 수 없던 장택근이 그녀의 다음 말을 기다렸다.

"이번에 기사 내보낼 겁니다."

김인숙이 아찔한 미소를 지어 보이며 말했다.

"마성의 남자 장택근, 여신 이지원과 열애 중."

그녀의 말에 장택근이 저도 모르게 추영훈을 바라보니 그가 고개를 절레절레 저으며 자신도 이제야 알았다는 제스처를 취해 보였다.

"어때요? 생각만 해도 짜릿하죠?"

장태근이 뒤늦게 다시 그녀에게 시선을 돌렸다.

"왜 하필 지금입니까?"

"지금이 적기니까요. 영화, 드라마, 다시 영화. 이제 택근 씨도 마냥 신인은 아니잖아요? 전에야 이지원 씨에 비해 인지도도 팬덤도 많이 기울어서 섣불리 터뜨리기 어려웠지만 지금은 괜찮을 거란 판단입니다."

꽤나 오랜 시간 타이밍을 잰 모양인지 그녀의 대답에 거침이 없었다.

"그래서 얻는 것이 있나요?"

"있죠. 이제껏 아무도 얻지 못한 여신의 마음을 훔쳐 낸 남자. 마성의 남자라는 말이 정말 거짓이 아니게 되는 거예요."

과연 처음부터 연애를 할 거면 제대로 된 여자를 잡으라더니 이런 생각을 하고 있었던 모양이다. 장택근이 그녀의 막힘 없는 대답에 앓는 소리를 내뱉었다.

"끄응."

김인숙이 그제야 장택근의 표정이 그다지 편해 보이지 않는다는 사실을 깨닫고는 눈을 동그랗게 떴다.

"왜 그래요? 좋지 않아요? 이제 지원 씨랑 대놓고 만나도 되는데."

전이라면 그랬을 것이다. 지긋지긋한 밀실 데이트 따위 이제 벗어났다고 소리라도 질렀을 것이다. 하지만 지금의 그는 어쩐지 이 타이밍에 그녀와의 열애 사실을 공개하는 것이 꺼려졌다.

그것이 이제 겨우 얻은 인기를 혹시 잃게 될까 봐 두려워서 그런 것인지, 그도 아니면 연달아 일어난 기이한 사건들 속에서 자꾸만 이지원이라는 존재가 께름칙해져서인지는 스스로도 알 수 없었다.

다만 한 가지 확실한 것은 전날 자신이 벌인 만행, 연인을 두고 다른 여자와 관계를 가진 사실에 대해 그다지 죄책감이 들지 않는다는 것이다. 스스로가 도덕적으로 문란하다는 생각 따위는 해본 적도 없고, 연애하면서 바람을 피운 적도 단 한 번도 없었다.

하지만 그럼에도 불구하고 지금의 그는 뭐랄까, 이지원에 대한 미안함이 전혀 없었다.

"아, 그건 아닙니다."

어설프게 변명을 하는데 김인숙 대표의 눈매가 날카로워졌다.

"택근 씨?"

대뜸 던져오는 김인숙의 목소리가 제법 낮고도 날카로웠다. 방금 전과는 180도 달라진 목소리라 그녀의 말에 장택근이 표정을 바로 했다.

"사생활까지 터치하고 싶진 않아요. 근데 저와 처음 계약할 때 이미 한배를 탄 것 아닌가요?"

조금은 질책하는 기색이라 장택근이 뜨끔한 얼굴을 해보였다.

"택근 씨 연애사까지 꼬치꼬치 캐묻고 싶지는 않지만, 그래도 서로 주고받은 것이 있는데 마냥 모르는 척하기에도 좀 그러네요."

은근하게 압박을 해오는 그녀의 말에 그는 첫 거래를 떠올렸다. 차동수와 나윤섭, 그리고 일전에 몸담았던 M방송국의 일까지 그녀의 도움으로 헤쳐 온 난관만 해도 벌써 여러 가지였다.

당시에는 상황이 상황인지라 그녀의 손을 잡았지만, 이제 와서는 그것이 족쇄처럼 그를 옭아맸다.

나쁜 거래라고는 생각하지 않았다. 그녀는 사업상 믿을 수 있는 수완가이고 또 좋은 파트너였으니까.

하지만 지금은 조금 답답한 심정이 되는 것도 사실이다. 이래서 사람들이 화장실 들어갈 때와 나올 때가 다르다고 하는 모양이다.

장택근의 얼굴에 복잡한 기색이 떠오르자 김인숙이 방금

전보다는 한결 누그러진 음성으로 그를 달랬다.

"공치사하자는 게 아니에요. 다만 지금 당장 기사가 준비되어 있는데 변수가 있으면 중간에 꼴만 우습게 되지 않겠어요?"

그녀의 말에 장택근은 새삼 다시 이지원에 대해 생각할 수 있었다. 그리고 한참 만에 입을 열어 질문에 대한 대답을 했다.

"별문제 없습니다."

어디까지나 모든 문제는 그의 추측에 의한 것이다. 이제 와서 갑자기 상황을 번복하기에는 여러모로 걸리는 것이 많았다.

"좋아요. 그럼 이 건은 이렇게 진행하는 걸로 하죠. 일단은 오디오 작업에 집중하세요. 나머지는 이쪽에서 알아서 할 테니까."

"저쪽에서도 수긍했습니까?"

"네, 이지원 씨 회사에서도 긍정적인 답변을 보내왔어요. 이제까지 이지원 씨의 이미지가 조금은 차가웠던 게 사실이라 이번 기회에 조금 더 여성스럽고 인간적인 모습을 부각시키려는 모양입니다."

역시나 생각이 많은 연예기획사의 오너들이다. 기왕 이렇게 된 거, 복잡한 생각 따위는 전부 그들에게 맡기고 장택근은 다시 영화에 집중하기로 마음먹었다.

그렇게 김인숙과의 면담을 마치고 나온 장택근은 한숨을 내쉬었다. 곁에 있던 추영훈이 그를 바라보며 입을 오물거리다 한참 만에 말을 걸어왔다.

"근데 택근 씨, 이건 매니저로 묻는 게 아니라 그냥 남자 대 남자로 묻는 건데 말이야."

모처럼 우물쭈물거리는 그의 모습에 장택근이 가만히 그의 다음 말을 기다렸다.

"근데 진짜 지원 씨랑 문제없어? 요즘 통 통화하는 모습도 못 봤고 만난다는 이야기도 못 들어서. 그리고 아까 전에 대표님이랑 이야기할 때도 왠지 기사 내는 거 별로 내켜하지 않는 눈치였고."

역시나 오랜 시간을 붙어 있다 보니 그 정도의 눈치는 생긴 모양이다. 그의 말에 장택근이 짧게 대답했다.

"아니요. 그런 거 아니에요. 그냥 요즘 생각할 게 많아서. 지원이도 바쁘고."

그의 말에도 여전히 석연치 않은 얼굴이었지만 추영훈은 더 이상 캐묻지는 않았다.

*   *   *

호텔에서의 생활은 변한 게 없었다. 여전히 갑갑하고 호사스러운 감옥과도 같은 생활이었지만 전날 저지른 사고가 워낙 큰 탓에 장택근은 혼자 끙끙 앓으며 감금 생활 아닌 감금 생활을 해야 했다.

하필 윤신애와 진재영마저도 한창 바쁘다며 코빼기도 비추지 않으니 그는 호텔 방에 홀로 앉아 갑갑한 마음에 한숨만 내쉬었다.

그래서였을 것이다. 휴대폰이 드르륵 몸을 떠는 것을 보고는 발신자조차 확인하지 않고 덥석 받은 것이.

"여보세요?"

[아, 장택근 씨?]

생소한 음성에 고개를 갸웃거린 그가 뒤늦게 그녀의 정체를 깨닫고는 침음을 내뱉었다.

[아, 너무 안 반가워하시는 표가 나는데요? 그래도 우리 제법 괜찮았던 거 같은데.]

부끄러움도 없는지 태연하게 전날의 관계를 끄집어낸 그녀의 말에 장택근은 한숨을 내쉬었다.

"그날 일은……."

[됐어요. 어차피 제대로 기억할 것 같지도 않았어요.]

그녀의 말에 간신히 열린 입이 도로 다물렸다. 뭐라고 대답한다 말인가. 아니다. 생생하게 기억한다. 그렇게 지껄여 대봐야 민망한 기억만 들추는 꼴이나 다름없을 뿐이다.

[그래도 인연이 아예 없는 게 아닌데, 우리.]

우리라는 말을 아무런 스스럼없이 해대는 그녀의 태도에

장택근의 인상이 잔뜩 찌푸려졌다.

[밥이라도 먹죠.]

어딘지 의견을 구한다기보다는 통보와도 같은 느낌이었지만 장택근은 차마 거절하지 못했다.

[어디서 보죠?]

"제가 나가기에는 그렇고, 전에 그 객실 기억합니까? 그쪽으로 오실래요."

아무래도 밖에서 그녀를 만나기에는 조금은 부담스러운 마음이 있어 그녀를 룸으로 부르니 잠시 휴대폰 너머로 묘한 침묵이 흘렀다.

[그럼 지금 그쪽으로 바로 가도록 하죠.]

그녀의 말에 서린 묘한 설렘을 알면서도 장택근은 따로 설명하지 않았다. 아니, 그 역시 설레였다고 해야 할 것이다.

자신도 모르게 전날의 생생하던 여체를 떠올리며 그는 한숨을 내쉬었다.

나도 모르겠다. 내가 어떻게 된 것인지.

자포자기에 가까운 심정으로 잠시 이미 끊긴 휴대폰의 액정을 바라보던 그는 욕실로 향했다.

샤워를 마친 장택근은 휴대폰의 메시지함에 담긴 새로운 문자를 보며 앓는 소리를 냈다.

[지금 올라가는 길이에요. 5분 후면 도착해요.]

생각보다 가까운 곳에 있었던 모양이다. 그래도 30분은 걸리겠지 싶었는데 예상외로 이른 그녀의 도착에 그가 부리나케 물기를 닦아내고는 옷을 갈아입으려는데 다시 전화가 울렸다.

[엘리베이터에서 내렸어요. 괜히 사람들 눈에 띄는 건 그쪽도 바라지 않죠?]

그렇지 않아도 또각거리는 발소리가 들려오고 있었다. 재빠르게 물기를 마저 털어낸 그가 급하게 옷을 걸치는데 발소리가 문 앞에서 멎었다.

자신이 이 방에 있다는 사실은 알 만한 사람은 다 알고 있다. 괜한 구설수에 오를까 걱정이 된 장택근이 제대로 옷차림을 갖추지도 못한 채로 문을 벌컥 열었다.

문이 열리기가 무섭게 방으로 들어선 그녀가 선글라스를 벗으며 그를 바라보다 미소를 지었다.

"음, 지금 그 복장, 제가 오해해도 괜찮은가요?"

전날 볼 때도 그렇더니 어딘지 모르게 색기가 도는 음색이라 그가 문을 닫고는 후다닥 달려가 상의를 걸쳤다.

"이제 막 샤워를 해서……."

변명처럼 말하는데 이상할 정도로 가슴이 두근거렸다. 그게 따뜻한 물에 데워진 심장이 그녀의 갑작스러운 방문 탓에 소란을 떨다 숨이 차 떨려온 것인지는 알 수 없었지만 그는 애써 태연한 얼굴을 해보였다.

"뭐, 어차피 볼 거 다 본 사인데 그렇게 내외하는 것도 웃기지 않아요?"

수치심도 없는지 태연하게 전날의 기억을 자꾸만 끄집어내려는 그녀의 모습에 장택근이 인상을 썼다.

"할 말이란 게 뭡니까?"

스스로에 대한 자괴감과 수치심으로 인해 잔뜩 굳어버린 그의 음성에 여인 김시연이 더욱 진하게 미소를 지어 보였다.

"할 말이 있다고는 하지 않았는데요. 그저 밥이나 먹자고 했을 뿐."

그녀의 말에 장택근의 얼굴이 미묘하게 찌푸려졌다. 근래 들어서 생각이 많은 탓인지 이상할 정도로 예민해져 버렸다. 게다가 따지고 보면 하룻밤 몸을 섞은 건 서로의 암묵적인 합의가 있었던 것이나 마찬가진데 지금 그는 그녀를 스토커 바라보듯 경계하고 있었다.

용케도 기분이 상하지 않은 듯한 그녀였지만, 그는 뒤늦게 자신의 실태를 깨닫고는 표정을 가다듬었다.

"미안합니다. 요즘 일이 많아서 제가 좀 그러네요."

한결 여유 있어진 그의 태도에 그녀가 입술을 치켜 올렸다.

"역시 맨 정신에 보니까 더 멋있네요."

뜬금없는 그녀의 말에도 그는 아무렇지도 않은 얼굴을 해 보였다.

"정말이에요. 사실은 저 택근 씨 얼굴 다시 한 번 보고 싶어서 온 거라고요."

돌리는 법 없는 그녀의 노골적인 구애에 장택근이 대답할 말을 찾았다. 살면서 지금처럼 애매한 상황에 처해본 적이 있던가. 마냥 거절하기에는 지난날의 일로 켕기는 구석이 있었다.

그렇다고 그녀의 말에 내내 끌려다닐 수도 없었다. 장택근이 생각을 정리하고는 빠르게 말을 내뱉었다.

"김시연 씨라고 했죠? 그쪽과의 일은 어디까지나 술자리에서 있었던 본의 아닌 상황이었습니다. 파렴치하다고 욕해도 좋은데, 지금 이 상황이 무척 불편한 것이 제 솔직한 심정입니다."

어지간한 여자라면 자존심이 상했을 텐데 김시연은 표정 변화 하나 없었다.

"솔직하게 말해서 기억도 잘 나지 않고, 아시겠지만 제 입장이라는 게 또 마냥 편한 게 아니라서 그쪽이 부담스럽습니다."

그렇게 말하고는 그녀의 안색을 살피는데 이상할 정도로 그녀는 표정 변화가 없었다.

"그래요? 어쩌죠? 저는 그쪽이 마음에 드는데."

대답이라고 해오는 게 태연하기 그지없는 것이라 그가 다시 입을 열려는데 그녀가 선수를 쳤다.

"다른 게 중요한가요. 저는 택근 씨가 무척 마음에 들어요."

그녀의 눈이 묘한 빛을 띠고는 그를 훑어댔다.

"외모도, 목소리도, 또 그쪽 일도 다 마음에 들어요."

민망한 이야기를 잘도 지껄여 대는 그녀의 말에 장택근이 한숨을 내쉬었다.

그 뒤로는 그녀의 일방적인 구애가 이어졌다. 밥이나 같이 먹자더니 정작 그녀는 밥 이야기는 꺼내지도 않고 주구장창 그에 대한 호감만 표하다 돌아갔다.

그녀가 돌아가고 난 자리에 짙은 향수 냄새가 남았다. 저도 모르게 코를 벌름대며 킁킁거리던 장택근이 갑자기 고함을 쳤다.

"으아아아!"

복잡한 머릿속을 비워내려는지 한참이나 그렇게 소리를 질러대던 그는 다시 입을 다물고는 한숨을 내쉬었다.

모르겠다. 정말 될 대로 돼라.

현실도피라면 도피고 책임 회피라면 책임 회피였다. 하지만 지금만큼은 잠시라도 아마존의 저주고 이지원이고 김시연이고 다 제쳐두고 싶었다.

땅이 꺼져라 다시 한숨을 내쉬었다.

2장

녹음 작업

당장 기사라도 낼 것 같더니 인터넷은 잠잠했다. 따로 스케줄을 물어보기에도 애매한 일이라 그저 사태를 지켜보고만 있던 장택근은 불쑥 다가온 오디오 작업 일정에 소리 없이 환호했다.

지금은 집중할 거리가 필요했다. 괜히 결론도 나지 않는 일들로 골머리를 썩느니 그 시간에 차라리 일을 하는 게 나았다.

그래서 오디오 작업 시간보다 몇 시간이나 일찍 일어나 준비하고 있자니 시간이 더디게만 간다. 그렇다고 자기 하나 때문에 일정을 당길 수도 없는 일이라 그는 끙끙거리며 시간을 죽이고 있었다.

느리더라도 시간은 간다. 거꾸로 매달아도 국방부의 시계는 돌아간다는 말, 지금 장택근의 상황과 다르지 않았다.

한 달 같은 몇 시간을 어찌어찌 보내고 나니 추영훈에게서 문자가 왔다. 전에 알려준 직원용 통로를 통해 지하주차장으로 오라는 말에 그는 뛰듯이 문을 열고 뛰쳐나갔다.

"헉헉!"

차에 올라타 숨을 헐떡거리니 추영훈이 별스럽다는 듯한 얼굴로 그를 바라보았다.

"왜 그래? 누가 쫓아와? 왜 그렇게 급하게 왔어?"

문자를 보낸 지 몇 분 되지도 않았건만 불쑥 나타난 장택근을 보며 그가 고개를 절레절레 흔들었다.

"그러고 보니 몸이 안 좋아지긴 한 것 같은데? 나 이렇게 택근 씨 헐떡이는 건 또 처음 보네."

"계단으로 뛰어내려 와서."

무려 20층에 가까운 거리를 단시간에 주파해 왔다는 그의 말에 추영훈이 황당하다는 얼굴을 했다.

"일단은 가자고. 거기 열면 마실 거 있으니까 숨이라도 좀 돌리고 있어."

하지만 시간이 넉넉한 것은 아니었는지 이내 그에 대한 관심을 끄고는 그가 조용히 밴을 몰기 시작했다.

*   *   *

"안녕하십니까. 오랜만입니다, 감독님."

장택근의 인사에 정영태 감독이 호들갑스럽게 달려왔다.

"아이고, 우리 택근 씨 퇴원했다는 이야기는 들었는데, 내 따로 전화도 못했네."

감독의 욕심으로 계획에 없던 추가 촬영을 하다가 사고가 났다. 감독의 입장에서는 정말 식겁할 수밖에 없는 상황이었다. 게다가 배우가 정신을 잃고 병원으로 실려 갔으니 그의 입장에서는 얼마나 노심초사했겠는가.

그 때문에 위에서는 장택근이 소속된 NB엔터테인먼트와 추가적인 협의를 본다고 고생했다는데 정영태는 그런 것 따위는 신경도 쓰지 않았다.

영화만 잘 만들어지면 만사 OK라 생각하는 그의 태도에 제작사도 골머리를 앓았지만 어쩌겠는가. 저런 외골수적인 면모가 지금의 거장을 만든 것을.

"녹음 작업 준비하느라 바쁘셨을 텐데요, 뭐. 한 번 찾아와 주신 것만으로도 신경 엄청 써주셨다는 거 다 알고 있습니다."

"어휴, 우리 택근 씨가 이렇게 마음도 넓어."

하지만 아무리 영화에 미친 정영태라도 어쩐지 지친 기색이 역력한 장택근을 보며 조금의 미안한 마음은 갖지 않을 수 없었다.

병원에서 충분한 휴식을 취했을 텐데도 불구하고 마지막 촬영 때 본 얼굴보다 배는 수척해진 모습에 혹시라도 정말 어디가 잘못된 것은 아닌지 걱정이 될 지경이다.

"컨디션이 안 좋아 보이는데, 괜찮겠어요?"

내심 촬영에 지장이 있을까 봐 발을 동동 굴려댔지만 겉으로는 걱정스레 물었다. 그로서는 드물게 배우의 상황을 신경 쓰는 것인지라 곁에 있던 조감독이 눈을 동그랗게 떴다.

"괜찮습니다. 그리고 오디오 작업인데요, 뭐."

물론 오디오 작업이 쉬운 일은 아니다. 현장감을 살리기 위해 대사를 읽는 배우들은 뛰기도 하고 몸짓을 하기도 한다. 당연히 작업이 길어질수록 피로가 쌓일 수밖에 없었다. 하지만 스케줄상 2주에서 4주가 넘지 않는 작업이라 촬영 현장의 피로도에 비할 수 없는 것도 사실이다.

그의 의연한 말에 정영태가 안심한 얼굴로 고개를 끄덕였다.

"그래도 택근 씨 분량이 좀 많아서 힘들긴 할 거야. 이게 어쩌다 보니 조금 늦어져서 스케줄 맞추려면 고생하는 수밖에 없겠는데?"

그의 너스레에 장택근이 고개를 꾸벅 숙여 보이고는 녹음실로 향했다. 그가 녹음실로 사라지자 정영태가 조감독에게 물었다.

"야, 진짜 택근 씨 어디 아픈 거 아니야? 얼굴이 뭐 저렇게 상했어?"

"글쎄요. 얘기 들어보니까 집에 도둑이 들어 호텔에서 생활하나 봐요."

어지간한 감독이라면 소식통이 따로 있을 테지만 영화 이외의 것에는 일절 관심이 없는 정영태 감독인지라 이런 소소한 소식마저 조감독을 통해 들어야 했다.

"뭐? 뭔 도둑?"

"병원에서 퇴원한 날 집에 도둑이 들었대요. 없어진 건 딱히 없다는데 혹시 몰라서 회사에서 호텔로 보내 버렸나 봐요."

"끄응. 집 나와서 지내니 피로가 쌓였나?"

"웬걸요. 저기 별 다섯 개짜리 호텔 스위트룸에서 지낸다는데 집보다 좋으면 좋았지 더 피곤할 리가요."

"배우가 좋긴 좋아. 나도 이 기회에 배우나 해볼까?"

되도 않을 헛소리를 지껄여 대던 정영태가 문득 고개를 갸웃거렸다.

"근데 너는 그런 이야기를 대체 어디서 들었냐?"

"어휴, 감독님만 모르지 알 만한 사람은 다 알아요."

그렇게 소소한 이야기를 떠들어대던 그들은 배우들이 전부 도착했다는 말에 녹음실로 향했다.

"오, 정 감독님 오셨네."

"아까 봐놓고는 또 무슨⋯⋯."

음향을 총괄 책임진 음향기사 박수민이 정영태 감독을 보며 너스레를 떨었다. 아무래도 매 촬영마다 현장에서 수집된 음향보다는 후반에 따로 오디오 작업을 선호하는 정영태의 작업 스타일 탓에 꽤나 자주 얼굴을 보는 사이다.

"분위기는 어때?"

"뭐, 다를 거 있나요? 후배가 선배한테 인사하고 선배가 후배들 앞에서 으스대고, 다 똑같지. 그래도 저 친구는 좀 예쁨 받네요. 장택근이라고 하던가?"

녹음 부스의 배우들이 도란도란 대본을 펼쳐 들고 이야기하는 모습을 보며 정영태가 고개를 끄덕였다.

"저 친구가 우리 영화 보물 1호야, 1호."

"영상 확인했는데, 확실히 눈빛이 다르긴 하더라고요."

그렇게 잡담을 잠시 나누던 정영태와 음향기사가 시간을 확인했다.

"슬슬 작업해 볼까?"

"그러죠, 뭐. 빨리 끝내고 소주나 한잔 어때?"

"어휴, 일감은 잔뜩 몰아주고 지금 사람 놀려요? 다이얼로그 작업(대사 작업) 끝나기 전까지는 어림도 없어요."

엄살을 떨어대며 슬슬 작업을 시작하려는 그를 보며 정영태가 입맛을 다셨다.

한국 영화의 고질적인 문제인 대사 전달력, 차라리 자막 영화를 보는 게 나을 거라는 악평마저 종종 들려오는 게 요즘의 추세다. 일찍이 이 문제점을 깨닫고 예산과 시간을 아끼지 않고 대부분의 작업을 후반 녹음으로 처리하는 정영태인지라 음향기사의 엄살이 마냥 엄살만은 아니다.

"자, 배우들 준비해 주시고요. 녹음 순서는 거기 붙여놓은 순서대로니까 대본 잘 체크해 주세요. 빠르게 갑니다."

스케줄이 한창 바쁜 배우들을 몽땅 모아놓고 작업할 수 없는 녹음 작업의 특성상 다소 정신없이 순서가 정해져 있었다.

오늘은 장택근과 임수진, 그리고 김상경의 녹음이 잡혀 있다. 중간중간 김우영을 비롯한 비교적 비중이 적은 배우들이 따로 작업에 참여하겠지만, 일단 오늘의 주역은 이들 셋이었다.

녹음 부스 안에서 서로의 대본을 체크해 가며 이야기를 나누던 임수진과 장택근, 김상경이 박수민의 말에 고개를 끄덕이며 의자에서 일어나 마이크 앞에 섰다.

"그럼 바로 들어갑니다!"

그의 말에 배우들의 눈빛이 대본과 화면을 번갈아 확인했다.

*　　　*　　　*

녹음 작업은 꽤나 공들여 이루어졌다. 녹음 부스를 들어가고 나가는 임수진과 김상경, 그리고 중간에 도착한 배우들이 정신없이 들락거리며 계속해서 이어졌다.

그중에서도 장택근은 녹음 부스를 나갈 일도 없이 내내 상주하다시피 하며 대사를 읽는데 오늘 하루 동안 읽은 대사만 해도 얼마인지 벌써부터 목이 아파올 지경이다.

하지만 어쩌랴. 본인의 분량이 많은 것을.

그는 중간중간 물을 마시기도 하고 목을 풀어보기도 하며 악착같이 작업에 임했다. 비록 목도 아프고 현장감을 살린다고 내내 뛰고 걷고 움직이며 대사를 읊어댄 터라 몸은 고통스러웠지만 그는 오히려 마음이 편안했다.

5분이나 쉬었을까. 음향기사의 말에 따라 다시 마이크 앞에 선 그가 숨을 가다듬었다. 그리고는 손에 꼭 쥔 산소마스크를 덮어썼다.

"오디오는 디테일이 생명입니다. 지금 흘리는 땀 한 방울이 관객 열 명이라 생각하고 집중해 주세요."

되도 않을 소리를 지껄여 대는 음향기사의 지시에 장택근과 다른 배우들이 한숨을 내쉬었다.

*　　　*　　　*

"수고들 하셨습니다."

드디어 길고 긴 작업이 끝났다. 정신없이 들락날락거리던 배우들도 다 돌아가고 개인 분량을 녹음하고 있던 장택근이 녹음 부스 한편의 의자에 주저앉았다.

"어휴, 우리 택근 씨가 고생이 많아."

과연 기획이면 기획, 촬영이면 촬영, 편집이면 편집, 안 끼는 곳이 없다는 정영태 감독답게 꽤나 긴 작업 시간에도 불구하고 그는 내내 자리를 지키고 있었다.

"아뇨. 제가 미숙해서 시간이 늦어졌네요."

아무래도 카메라가 도는 현장과는 달리 녹음 부스라는 게 조금은 긴장감이 덜할 수밖에 없었다. 게다가 영화 〈심장이 뛴다〉는 뛰고 넘어지고 구르고 온통 액션으로 점철된 영화라 익숙하지 않은 부스 안을 뛰어다니다 실수를 연발하고 말았다.

"아냐, 아냐. 잘하려고 하다가 실수한 건데. 오히려 택근 씨 덕분에 다른 배우들까지 의욕이 살아서 나는 개인적으로 고맙게 생각해요."

당장 주연배우가 저렇게 몸을 아끼지 않고 부스가 좁다고 뛰어다니니 다른 배우들이야 말할 것도 없었다.

"그래, 밥도 제대로 못 먹었지? 아까 보니까 매니저가 싸온 도시락도 그대로 남겼던데."

그의 말에 장택근이 한숨을 내쉬었다. 밥 먹을 시간이나 제대로 주었던가. 추영훈이 작업에 참여한 스태프들과 배우들에게 꽤나 내용물이 알찬 도시락을 돌렸건만 정작 그는 제대로 맛도 보지 못했다.

다른 배우들처럼 쉴 틈이 없었던 탓이다. 공백 없이 이어진 녹음에 그가 밥조차 제대로 먹지 못했다는 사실을 뒤늦게 깨달은 스태프들이 미안한 얼굴을 해보였다.

"밥이야 나중에 먹으면 되죠."

"그래, 말 나온 김에 밥이나 먹으러 갑시다. 택근 씨 퇴원 기념으로 내가 고기 한번 제대로 쏠게."

그의 말에 스태프들이 덩달아 환호했다.

하지만 장택근은 어딘지 모르게 내키지 않는 얼굴을 해보였다.

지난번의 회식이 이내 질펀한 유흥으로 이어진 기억이 있어 지금처럼 자제력을 잃은 자신이라면 혹시 휩쓸릴까 걱정이 된 탓이다.

하지만 감독의 말은 어명과도 같은 것, 그는 차마 거부하지 못하고 고개를 끄덕였다. 그렇게 또다시 때 아닌 회식 자리가 만들어졌다.

"택근 씨의 쾌유에 건배!"

역시나 그의 예상대로 자리가 커져 버렸다. 작업에 참여하지 않은 스태프며 배우들까지 우르르 몰려오고 보니 고깃집

하나가 통째로 촬영팀 사람들로 차버렸다.

"이모, 여기 소주 다섯 병만 더 주세요!"

바글바글하게 들어찬 손님의 모습에 고기집 주인이 때 아닌 횡재로 싱글벙글했다.

"네, 소주 다섯 병에 여기 껍데기는 서비스요!"

"캬! 우리 이모가 인심이 좋으시네!"

그렇게 분위기가 한창 달아오르는데 정영태 감독이 슬슬 눈치를 주기 시작했다. 혹시나 했더니 역시나라고, 눈빛을 보니 저번처럼 몇몇 사람만 데리고 룸살롱이라도 가려는 모양이었다.

이번만큼은 참석하지 말아야지 하고 마음먹은 장택근이 슬쩍 내뺄 준비를 하는데 김상경이 그의 어깨를 착 감쌌다.

"그러고 보니 택근 씨랑 좀 조용히 술 마셔본 적이 없네?"

그의 말에 곁에 있던 정영태가 옳다구나 하고 손바닥을 쳤다.

"그러네. 그래도 우리가 한 식군데 그렇게 내외하면 쓰나. 이번 기회에 더 친해져야지. 이럴 때 인연이 나중까지 쭉 가는 거라고."

"아, 네."

도대체 무슨 논리인지 알 수도 없고 이해하고 싶지도 않았지만 김상경마저도 은근히 그를 압박하니 그는 들썩거리던 엉덩이를 다시 의자에 붙였다.

"자자, 다들 먹을 만큼 먹었으면 이제 슬슬 일어나지? 각자 마음 맞는 사람들은 2차 가든지 하고, 내일 스케줄 있는 사람들은 알아서 몸 챙기라고!"

정영태의 말에 누군가는 야유를, 누군가는 환호를 보냈다. 잠깐 사이에 꽤나 많은 사람이 만취해 버려 한동안 사람들을 챙겨 보내느라 주변이 소란스러워졌다.

"그럼 우리도 가볼까?"

개선장군처럼 의기양양하게 발걸음을 옮기는 정영태를 보며 고개를 젓는데, 김상경이 장택근의 곁에 바짝 붙어서며 작게 말했다.

"택근 씨."

그 은근한 목소리에 장택근이 대답하니 그가 씨익 미소를 보였다.

"요즘 힘들지?"

아무래도 들리는 소문이 있다 보니 김상경은 그가 걱정이 된 모양이다.

"그래도 이렇게 밝은 모습을 보니 내가 다 대견스럽구만."

할 말이란 게 이런 말이었던 모양이다. 엄격하고 까칠하기로 소문난 김상경의 배려에 그가 미소를 지어 보였다.

"아닙니다. 다들 그렇게 사는데요, 뭐."

"그래, 그렇게 생각해야 편해."

김상경이 껄껄 웃으며 그의 어깨를 얼싸 안고는 어깨동무를 했다. 모처럼 들떠 보이는 그의 모습에 장택근이 덩달아 미소를 짓는데 호주머니에 넣어둔 휴대폰이 부르르 떨어댔다.

장택근은 바지춤에서 느껴지는 진동에 잠시 멈칫하다가는 이내 무시하고 길을 갔다. 곁에 있던 김상경이 드물게 말을 길게 하는 통에 전화를 받을 타이밍을 잡기가 영 애매했다.

"어머, 정 감독님 오셨네요?"

업소는 일전에 장택근이 정영태를 따라갔던 그곳과는 달랐다. 하지만 정영태를 웃는 낯으로 반기는 마담의 표정이나 몸짓이 이전과 다름없었다.

늦게 배운 도둑질에 밤새는 줄 모른다더니 정영태가 딱 그 짝이었다.

의외인 건 김상경 역시 제법 익숙해 보인다는 점이다. 평소 엄숙하고 연기에 대한 진지한 태도로 후배들의 존경을 받던 그인지라 장택근은 상당히 놀라고 말았다.

남자는 남자다. 이렇고 저렇고 해봐야 뚜껑을 열어보면 결국은 죄다 같은 게 남자인 모양이다. 그는 마담의 뒤를 따르는 감독과 김상경을 따라 걸음을 옮겼다.

"음, 너무 큰 거 아냐?"

"에이, 이 정도는 돼야 우리 정 감독님 체면이 서죠."

고작 남자 셋이 들어가기에는 지나치게 큰 룸을 보고 정영태가 물으니 마담이 살살 그의 비위를 맞춰주었다. 으레 술이 들어간 사내들이 다 그렇듯이 그 역시 그녀의 말에 어깨를 펼치고는 허세를 떨었다.

　　충무로에서는 왕처럼 군림하는 그가 밤업소에서는 호구라니 그 간극이 참으로 크기만 하다.

　　어쨌든 소소한 실랑이 아닌 실랑이 끝에 일행은 전부 자리에 앉았다.

　　"그럼 아가씨는 바로 넣어드릴까요, 아니면 먼저 술 한잔하고 계시겠어요?"

　　마담의 말에 정영태가 대꾸하려는데 김상경의 대답이 더 빨랐다.

　　"나중에 따로 부르도록 할게요. 얘기 좀 나눌 게 있어서."

　　그의 점잖은 말에 마담이 알았다며 돌아가는데 정영태의 표정이 가관이다. 하지만 감독 체면에 호들갑을 떨기에는 뭐했는지 차마 말은 못하고 얼굴만 찌푸려 댔다.

　　김상경도 뻔히 그런 사실을 알 만한데도 모르는 척하는 것이 따로 할 이야기가 있는 모양이었다.

　　"감독님, 우리 영화 개봉 일이 언제로 잡혔죠?"

　　그의 말에 정영태가 가뜩이나 찌푸려진 미간에 주름 하나를 더하고는 대답했다.

"대사 작업이 2~3주 더 걸릴 테고, 그 담에 이펙트 따고 이거저거 입혀서 편집하면 한 달 반은 최소한 더 있어야 끝나지 않겠어? 지금 개봉 일정은 두 달 정도 남았네."

그래도 명색이 감독인데 배우가 영화 스케줄을 묻는데 빼기는 또 뭐한 모양이다.

"일단은 제일 중요한 게 대사야, 대사. 동시녹음본이 있긴 한데 알다시피 촬영장이 좀 시끄러웠어야지. 작업표 보니까 90프로는 다시 녹음해야 할 것 같아."

"그렇긴 하죠. 산소마스크 쓰고 뛰어다니면서 대사를 쳤는데 그게 알아듣기 편하면 오히려 이상하지 않겠어요?"

조금씩 정영태 감독의 얼굴이 펴졌다. 아무리 술과 여자에 늦바람이 들었다고 해도 평생 영화 하나만 바라보고 살아온 그다. 평소에도 이야기하라고 자리만 깔아주면 몇 시간이고 떠들어대던 기질이 어디 가는 건 아닌지라 처음의 얼굴은 온데간데없이 그가 조곤조곤 김상경의 말을 받아주었다.

"이 영화, 개봉만 하면 대박은 기정사실인데……."

그 숨길 수 없는 자부심 어린 대답에 가만히 듣고만 있던 장택근도 고개를 끄덕였다. 대사 녹음을 하기 전에 돌려본 편집 영상은 감탄이 절로 나오는 대단한 퀄리티였다. 의도적인 건지 아닌 건지 알 수 없었지만 화면에 남은 검은 얼룩까지 그대로인지라 마치 화면 밖으로 그을음이 묻어날 듯 박진감이 넘쳤다.

"그래그래, 이번 영화 잘되면 다 상경 씨, 택근 씨 덕분이야. 어디서 이런 배우들이 튀어나왔는지 진짜 내가 캐스팅 운 하나는 정말 좋다니까."

자연스럽게 화제가 서로에 대한 공치사로 넘어갔다. 이때 만큼은 장택근도 가만히 듣고 있을 수가 없었다. 감독과 선배가 추켜세우는데 네 하고 넘어갔다가는 괜히 제 얼굴에 금칠만 하는 꼴이다.

"감독님이 잘 이끌어주시고 선배님께서 잘 가르쳐 주셔서 겨우 따라왔는데요, 뭐. 저야말로 괜히 묻어가는 건 아닌지 모르겠습니다."

정석적인 그의 대답에 정영태와 김상경이 미소를 지었다. 인기에 비해 거만하지 않고 태도가 바르고 올곧다. 게다가 연기력도 좋은데 열정까지 있는 배우다.

그들이 예뻐하지 않으려야 안 예뻐할 수가 없었다.

그들의 얼굴에 대견하다는 표정이 떠올랐다. 장택근은 괜스레 얼굴이 화끈거리는 느낌이라 시선을 돌렸다. 자신의 위치를 낮게 잡는 그의 모습이 겸손해 보인 탓인지 감독과 선배 배우의 미소가 더욱 짙어졌다.

"그보다 뭐 할 이야기 있던 거 아니야?"

이야기가 조금 진행되자 정영태 감독이 다시 애가 닳나 보다. 밤은 짧은데 이야기가 자꾸 길어지니 원하는 대로 즐기지 못할까 봐 조바심이 난 모양이다.

"아, 사실은 택근 씨한테 할 말이 있어서요."

그렇게 말한 김상경이 장택근에게 시선을 돌렸다. 갑작스레 자신에게 할 말이 있다고 하자 그가 허리를 펴고 자세를 바로 했다.

"아, 다른 게 아니라 택근 씨에 대해 요즘 들리는 소리가 하도 많아서."

아까도 이야기하더니 그걸로 끝이 아니었던 모양이다. 김상경의 얼굴에 걱정스러운 기색이 가득했다.

"택근 씨 요즘 많이 힘든 건 아는데, 이럴 때일수록 더 관리 잘해야 돼."

정영태 감독이 눈치 없이 끼어들었다.

"왜? 요즘 택근 씨 무슨 일 있어?"

역시나 영화 외적인 부분에서만큼은 평균 이하라고 놀림받는 영화광답게 배려심 따위는 눈 씻고 찾아보려야 찾아볼 수도 없는 질문이다.

김상경이 곤란한 얼굴로 장택근에게 대답을 떠넘겼다.

"요즘 주변에 일이 좀 많아서요. 사고도 났고 또 안 좋은 일이 많아서……."

"아, 오지형 감독! 그리고 김선영 작가도 택근 씨하고 친하게 지냈다면서? 김 작가가 드라마 체크메이트에 택근 씨 추천

했다고 소문이 파다해."

이번만큼은 어지간한 장택근도 표정 관리를 할 수 없었다. 친인의 죽음을 아무렇지도 않게 꺼내 드는 정영태의 태도에 오만정이 다 떨어질 지경이다.

김상경이 그런 분위기를 느꼈는지 중재를 해보려고 했다. 그의 입장에서는 괜한 이야기를 꺼내서 감독과 배우 사이를 갈라놓은 격이 될 판이라 드물게 과장된 태도로 그들을 달랬다.

"그래서 힘들 텐데 열심히 연기하는 모습이 대견하기도 하고 또 보기 좋기도 해서 언제 한번 술 한잔하려고 했거든."

"아, 그런 거였어?"

말을 하면서도 계속해서 눈치를 주니 어지간히 눈치가 없는 정영태도 자신의 실수를 깨닫고는 장택근의 기색을 살폈다.

"커흠. 힘들 텐데 내가 괜한 이야기를 꺼냈구만. 미안해, 택근 씨. 알다시피 내가 이런 걸 잘 몰라."

사람 관계에 서투른 만큼 돌리는 것보다는 직접적으로 사과를 해오는 정영태의 모습에 장택근도 더는 인상을 쓰지 못하고 애써 미소를 보였다.

"근데 선배님께서 하실 말이⋯⋯."

중간에 정영태 감독이 훼방을 놓는 바람에 미처 듣지 못한 말이 궁금하여 물으니 김상경이 다시 분위기를 잡기에는 뭐했는지 한숨을 푹 내쉬었다. 그 바람에 정영태만 더 민망한 얼굴을 한 채로 딴청을 피워댔다.

"다른 게 아니라 일레트록스라고 알지? 그 왜 가전제품으로 유명한 업체 있잖아. 본사가 스위스였던가?"

그 말에 장택근이 눈을 동그랗게 떴다. 전혀 생각지도 못한 곳에서 들은 일레트록스라는 말에 그는 저도 모르게 바짝 긴장했다.

"네? 네."

그의 긴장한 태도에 김상경이 고개를 갸웃거리면서도 말을 이어갔다.

"아, 내 사촌동생이 거기 다니는데 말이야."

갑자기 이야기를 꺼낸 의도를 알 수 없어 장택근은 눈동자를 굴렸다. 하지만 그 의문은 바로 이어진 김상경의 말에 바로 풀렸다.

"택근 씨를 소개시켜 달라 하더라고."

그도 그렇게 말할 때만큼은 조금은 민망한 얼굴을 해보였다.

"이야, 상경 씨가 택근 씨 중신 서는 거야?"

"아니, 그냥 젊은 남녀끼리 한번 만나보는 건 어떤가 해서요. 택근 씨 여자 친구도 없잖아."

윤신애를 비롯한 여인들 탓에 곤욕을 치르는 것을 보기는 했지만 특별히 교제 관계로 보일 만한 행동은 하지 않은 장택근이다. 그 탓에 김상경이 단단히 오해를 한 모양이다.

"내가 택근 씨랑 영화 같이한다니까 어찌나 조르던지. 그런 녀석이 아닌데 말이야."

민망함 탓인지 그가 다시 한 번 괜한 변명을 했다.

"어때, 한번 만나볼래?"

순간적으로 장택근의 머릿속으로 수많은 생각이 스쳐 갔다. 이지원과의 열애설이 곧 터질 텐데 여기서 대답을 잘못했다가는 괜히 그간 쌓아올린 신뢰가 무너질 수도 있었다.

결국 마음을 정하고 대답하려는데 김상경이 휴대폰을 불쑥 내밀었다.

"여기 이 친구야. 예쁘지? 내 사촌이라서가 아니라 어디 가서도 꿇리는 외모는 아니지. 능력도 있고."

그가 내민 휴대폰 액정의 사진을 본 장택근은 깜짝 놀라 저도 모르게 입을 열었다.

"김시연?"

그의 말에 이번에는 김상경이 놀란 얼굴을 했다.

"어? 택근 씨가 이 녀석을 어떻게 알아? 두 사람, 만난 적 있어?"

만난 적만 있겠는가. 본의는 아니지만 깊은 관계까지 맺은 사이인데. 장택근은 이 당황스러운 상황에 머리가 멍해져 버렸다.

"잘됐네, 서로 안면도 있다고 하니. 택근 씨도 봐서 알겠지만 어지간한 여배우보다 더 예뻐. 그리고 직장도 빵빵하고."

김상경이 자랑이라도 하듯 떠들어댔지만, 장택근은 그의 이야기가 제대로 들어오지 않았다.

"근데 이 녀석은 안면도 있으면서 나한테 이야기할 때는 왜 그렇게 능청을 떨어. 여우야, 여우."

스캔들도 각오했고 문제가 생길 것도 각오했다. 하지만 의외로 아무런 문제가 생기지 않은 탓에 조금은 쉽게 이 문제가 해결될까 했더니 엉뚱한 곳에서 이야기가 나와 버렸다. 장택근이 생각에 빠져 인상을 찌푸리자 김상경이 뒤늦게 그의 눈치를 살폈다.

"왜? 이런 이야기 불편해?"

불편하다. 그것도 아주 많이. 그날 그녀와의 일 때문에 자신이 얼마나 추영훈에게 잔소리를 들었던가. 게다가 마음고생까지.

하지만 겉으로까지 그런 내심을 보일 수는 없어 장택근은 애써 표정을 가다듬었다.

"아뇨. 그건 아니고, 상경 선배님 사촌일 줄은 상상도 못해서."

그래도 연기 밥을 먹은 지 좀 됐다고 능청을 떨어대는 그의 얼굴이 자연스러워 김상경도 이내 표정을 풀었다.

"왜? 닮지 않았어? 밖에 나가면 남매 소리도 종종 듣는데."

농담이라고 하는 말에 웃지도 울지도 못하고 장택근이 애매한 얼굴로 진땀을 흘리고 있는데 정영태가 다시 끼어들었다.

"우와! 이런 사촌동생을 두고 있었어? 상경 씨, 다시 봐야겠어."

휴대폰 액정을 돌려놓고 감탄을 연신 토해내는 그의 모습에 김상경이 뿌듯한 얼굴을 해 보였다.

"어때? 둘이 안면도 있다고 하니 이렇게 끼어드는 것도 좀 모양새가 그렇긴 한데. 한번 만나볼래?"

어쩐지 선선히 물러난다 했더니 이런 수를 숨기고 있을 줄이야. 김시연의 그 느물느물했던 태도를 머릿속에 떠올린 그가 저도 모르게 한숨을 내쉬었다.

"왜? 혹시 따로 만나는 사람 있어?"

중간에 타이밍을 놓쳤지만 지금이라도 수습을 해야 한다. 그렇지 않으면 그간의 관계가 어그러질 판이다. 장택근이 한숨을 다시 한 번 내쉬고는 대답하려는데, 그의 호주머니 춤에 들어 있던 휴대폰이 다시 한 번 시끄럽게 울려댔다.

그 몸부림이 얼마나 심했는지 맞은편에 있던 김상경이 그 소리를 듣고는 전화를 받으라고 권했다.

"괜찮습니다. 그게······."

"아냐. 받아. 이 시간에 오는 전화는 대게 급한 연락이 많아."

그의 말에 결국 말을 멈춘 장택근이 휴대폰을 꺼내 들었다.

휴대폰의 발신자는 김민식. 이지원의 매니저였다. 계약이 틀어진 이후 오다가다 얼굴 보고 인사하는 게 전부인 그의 연락에 장택근이 눈을 동그랗게 떴다.

"여보세요?"

그래도 지난 시간 동안 신세도 많이 지기도 했고 좋은 기억으로 남아 있는 김민식인지라 그의 목소리에 반가움이 가득했다.

하지만 휴대폰 너머에서 돌아온 대답은 그의 마음과는 너무도 달랐다.

[택근 씨, 난데, 혹시 지원이랑 같이 있어?]

김민식의 말투에 여유라고는 눈곱만큼도 느껴지지 않았다. 인사도 생략한 그의 말에 장택근이 엉겁결에 바로 대답했다.

"아, 아뇨. 같이 없는데요?"

[그럼 혹시 연락은 해봤어? 아니, 마지막으로 본 게 언제야?]

마치 추궁이라도 하는 듯한 어조라 그는 덜컥 불안해졌다.

"연락은 조금 됐고 마지막으로 본 건 퇴원하기 전이니까 1주일 전쯤이네요. 일본에서 돌아온 날이요."

새벽의 예상치 못한 방문을 떠올리며 그렇게 말하니 저쪽에서 대뜸 짜증 가득한 목소리가 들려왔다.

[무슨 소리를 하는 거야? 지원이 일본에서 스케줄 아직 안 끝났어. 택근 씨 지금 나랑 장난해?]

김민식은 평소 품에 넉넉하고 느긋한 사람이다. 계약도 하지 않은 장택근에게 오랜 시간 공을 들이다가 계약이 틀어졌을 때도 인상 한번 찌푸리지 않던 사내다. 그런 그의 말투가 지금 전에 없이 공격적이었다.

"네? 그럴 리가요. 일주일 전 퇴원하기 바로 전날 새벽에 지원이 왔다 갔는데요? 저랑 이야기도 했고. 똑똑히 기억한다고요."

[무슨 귀신 신나락 까먹는 소리야. 지원이 한국 들어간 적 없대도. 그 기집애가 나 모르게 잠깐 들어갔다 왔을지는 몰라도 무슨 일본하고 한국이 일산, 홍대야? 옆 동네도 아닌데 무슨 소리를 하는 거야?]

장택근은 순간적으로 멍해졌다. 분명 자신은 이지원을 만났는데 김민식은 그녀가 일본에 쭉 머물렀단다. 그럼 자신이 꿈을 꾸기라도 했다는 말인가? 하지만 꿈이라고 하기에는 지나치게 생생한 그녀의 존재감이 떠올라 그는 머리가 혼란스러웠다.

[사고 났다더니 많이 아팠나 봐. 정신이 없네.]

비아냥거리는 것인지 아니면 걱정을 해주는 것인지 애매한 김민식의 말에 그가 대답도 못하고 멍하니 전화기를 붙들고 있는데 뒤늦게 자신을 바라보는 김상경과 정영태의 눈빛이 느껴졌다.

"아, 잠깐 나가서 통화 좀 하고 오겠습니다."

"아냐, 아냐. 여기서 해도 돼. 아, 택근 씨가 불편해서? 그럼 편한 대로 해."

정영태가 손을 저으며 그를 만류하다 다시 말을 번복했다.

"네, 죄송합니다."

양해를 구한 그가 룸을 나섰다.

"근데 무슨 일이에요, 갑자기?"

자신의 양옆으로 펼쳐진 어두컴컴한 복도를 보며 그는 조심스럽게 물었다. 룸 안이 지나치게 따뜻했는지 아니면 복도의 난방이 부족한 것인지 한기가 느껴졌다.

[지원이 이 기집애가 없어졌어. 오늘 스케줄 마치고 들어와 보니까 없더라고. 그래서 난 혹시 택근 씨 보러 갔나 했지. 그 기지배가 일본에 있는 내내 택근 씨 보고 싶다고 했거든.]

김민식의 말에 장택근은 벼락이라도 맞은 듯한 기분이 들었다. 뭔가 알 수 없는 예감이 자꾸만 머리를 때려대는데 정작 그게 무엇인지 선명하게 드러나지가 않았다.

안개 속에 내던져진 듯한 기분. 일전에도 몇 번인가 느껴본 기분이다.

[알잖아. 생전 그런 적 없는 애가 그렇게 징징거리니까 난 그냥 얘가 택근 씨를 좋아하긴 엄청 좋아하는구나 했지.]

"아."

김민식의 말을 들으면 들을수록 장택근은 혼란스러워졌

다. 이지원이 언제 그렇게 자신의 감정을 드러낸 적이 있던가. 설혹 있다고 하더라도 그건 자신의 앞에서였지 아무리 오랜 시간 알고 지냈다 해도 김민식은 아니었다.

[얘가 조금 이상하긴 했는데, 그냥 타지 나와서 피곤한가 하고 넘어갔더니 갑자기 사라졌어.]

"잠깐 나간 거 아닐까요?"

그가 조심스레 물으니 김민식이 한숨을 내쉬었다.

[택근 씨, 내가 얘를 본 게 벌써 10년이 다 돼가. 근데 이런 적이 한 번도 없었어. 어디를 가더라도 꼭 알리고 가는 애라고. 기집애가 남 생각 안 하는 거 같아도 자기 때문에 다른 사람 피해 보는 거 끔찍하게 싫어해.]

하긴 그녀라면 자신이 사라지면 김민식이 고생할 걸 그 누구보다도 잘 알고 있을 터, 이렇게 무책임하게 자리를 비울 성격이 아니었다.

[그리고 일본말이라고는 사요나라, 아리가또밖에 못하는 기집애가 나가길 어딜 나가. 여기가 어딘 줄 알고.]

"혹시 모르잖아요. 일본에 친구라도 있을지."

다시 한 번 전화기 저 너머에서 한숨 소리가 들려왔다.

[휴우, 알았어. 일단 돌아오기를 기다려 봐야겠네. 이 기집애가 말년에 속 엄청 썩이네. 택근 씨도 혹시 연락 오거나 짐작 가는 거 있으면 바로 전화 줘. 로밍이긴 한데 전화는 계속

붙잡고 있을 테니까.]

김민식이 침중한 어조로 얘기하고는 한국 가면 한번 밥이나 먹자는 말로 통화를 마무리했다.

통화를 종료한 장택근은 머리가 복잡했다. 이지원의 실종 이전에 자신이 본 그녀의 모습이 정말 꿈인지 생시인지 순간 구분이 가지를 않았다. 스스로는 똑똑히 그녀를 봤다고 생각하는데 김민식이 저렇게 완강하게 말하니 이제는 자신이 정말 꿈이라도 꾸었나 싶을 지경이다.

그리고 갑작스러운 실종이라니. 한국이라면 모를까, 타지에 나가서 이런 짓을 벌일 이유가 없었다.

아무리 생각해도 답이 나오지 않아 그는 결국 복잡해진 머리를 싸매고 룸으로 들어섰다.

"죄송합니다."

주거니 받거니 정영태와 술잔을 나누던 김상경이 그를 보며 걱정스러운 얼굴로 물어왔다.

"왜? 무슨 일 있어? 표정이 안 좋은 거 같은데."

뭐라 대답하기 애매해서 어색한 얼굴로 그를 바라보자 정영태가 다시 끼어들었다.

"지원 씨 이야기 나오는 거 같던데, 지원 씨한테 무슨 일 있대?"

호기심 가득한 그의 얼굴을 바라보던 장택근이 결국 한숨을 내쉬며 대답했다.

"지원이 일본 스케줄 도중에 없어졌대요. 그래서 혹시 한국 들어와 저랑 같이 있는 건 아닌지 물어보더라고요."

"뭐? 지원 씨가 없어져?"

"이지원이 왜?"

정영태와 김상경이 동시에 눈을 동그랗게 떴다. 그들의 말에 장택근이 대답 대신 한숨을 쉬어댔다.

"근데 지원 씨가 사라졌는데 왜 택근 씨한테 연락해?"

지난 몇 번의 일로 이지원과 그의 관계가 돈독함은 알고 있었지만 그래도 엄연히 남녀 사인데 실종 소식에 가장 먼저 그에게 전화가 왔다는 사실이 의아한 모양이다.

"제가 지원이 남자 친구니까요."

결국 이래저래 머리가 복잡해진 장택근이 김상경을 보며 대답했다. 너무도 뜻밖의 말을 들은 탓일까. 방금 전에 한 자신의 제안이 무색해져 버렸음에도 김상경은 민망한 기색조차 없었다.

그저 눈만 동그랗게 뜨고 입을 쩍 벌린 그의 얼굴과 정영태의 표정이 그리 다르지 않았다.

이제껏 단 한 번도 남녀 관계로 구설수에 오르지 않던 이지원이다. 그런 그녀와 장택근이 열애 중이라니 어찌 놀라지 않겠는가.

"대박! 택근 씨, 그런 걸 감쪽같이 숨기고 있었어?"

정영태가 뒤늦게 정신을 차리고는 손뼉을 치며 좋아했다.

"사정이 있어서 먼저 말씀 못 드렸습니다."

여전히 말이 없는 김상경의 눈치를 보며 말하자, 그가 끄응하고 앓는 소리를 내뱉었다.

"아냐, 아냐. 연예인이 괜히 연예인인가. 그건 이해해. 암, 이해하고말고. 이야, 그럼 수진 씨는 어떻게 해?"

다 좋다가 끝에 가서 하는 말의 의미를 알 수 없다. 장택근이 의아한 얼굴을 해보이자 정영태가 수다스럽게 입을 놀려댔다.

"몰랐어? 수진 씨가 택근 씨 마음에 있어 하잖아. 눈치 없는 나도 알겠구만. 택근 씨도 눈치가 어지간히 없어."

그에게 눈치 없다는 말을 들으니 장택근은 기분이 묘해졌다. 어지간한 사람은 정영태가 얼마나 다른 이들에게 무신경한지 알고 있는데 그런 그가 자신에게 눈치 없다고 말한다.

"아, 이렇게 말하면 좀 그런가? 수진 씨가 싫어하겠네. 그냥 못 들은 걸로 해줘."

천연덕스럽게 지껄여 대는 그를 보며 장택근이 한숨을 푹푹 내쉬었다.

"음, 그래? 여자 친구가 있었네. 그것도 지원 씨가 여자 친구라니."

김상경이 어색한 얼굴로 뒤늦게 입을 열었다.

"이거 여자 친구도 있는데 내가 괜히 설레발쳤네. 미안해."

"아니요. 제가 죄송하죠. 먼저 말씀 못 드려서 죄송합니다. 그리고 신경 써주셔서 감사드리고요."

장택근이 진심으로 미안하다는 얼굴로 얘기하니 김상경이 슬쩍 얼굴을 풀었다.

"근데 언제부터 사귄 거야? 진짜 감쪽같이 속았네."

속았다고 말할 때 그의 표정이 너무도 짓궂어 장택근은 민망한 표정으로 다시 한 번 사과했다.

"죄송합니다."

"아냐. 사과 받자고 한 말 아니야. 농담이었어, 농담. 그러지 말고 어떻게 만났는지나 한번 이야기해 봐."

"그래, 요즘 배우들은 어떻게 연애하나 나도 궁금하다."

정영태와 김상경의 채근에 장택근이 조심스럽게 입을 열었다.

"처음 만난 건 아마존의 촬영 현장에서였습니다."

3장

실종

술자리는 생각보다 깔끔하게 끝이 났다. 연애담을 이야기하며 한참을 주거니 받거니 하다 보니 정작 룸살롱까지 가서 파트너를 부를 겨를이 없었다. 뒤늦게 그 점을 깨닫고 정영태가 땅을 치고 후회했지만 어쩌랴. 이미 밤이 다 끝난 것을.

　어찌나 말을 많이 했던지 목이 까끌까끌할 지경이다.

　호텔 룸에 도착한 장택근은 생각에 잠겼다.

　이지원의 방문과 실종 소식. 생생하게 느껴지던 그녀의 존재감인데 그것이 꿈일지도 모른다고 한다. 게다가 갑작스러운 그녀의 실종에 그는 머리가 복잡해졌다.

하지만 요 근래 그의 주변에서 벌어지는 일들이 다 그렇듯 이번에도 명확하게 드러나는 것은 하나도 없었다.

자신이 걱정되어 혹시 그녀가 깜짝 방문한 것은 아닐까.

지금 그녀는 갑갑한 한국을 떠나 일본에서 잠시의 일탈을 만끽하고 있는 것은 아닐까.

수많은 생각이 그의 머릿속을 휘저어대다가 사라졌다.

*　　　*　　　*

하루가 지났다. 그리고 다시 하루가 지나고 또 더 많은 날이 지났다.

영화 〈심장이 뛴다〉의 오디오 작업 역시 막바지에 이르렀다. 촬영만큼이나 고되고 힘든 2주간의 대사 녹음이 끝나고 이제 음향효과와 노래 삽입 등 후반 작업만이 남았다.

하지만 아직도 이지원은 깜깜무소식이었다.

NB엔터테인먼트에서 공들여 만든 장택근과 이지원의 열애 시나리오는 그대로 기약 없는 딜레이에 들어갔고, 김민식과 하루에 두어 번씩 통화하는 것이 장택근의 일과가 되었다.

다시 또 며칠이란 시간이 흘렀다.

중간에 김시연의 연락이 있었지만 특별한 일은 없었다. 그녀조차도 김상경을 통해 장택근의 열애 사실을 들었는지 시시콜콜한 잡담만 늘어놓다 통화를 마쳤다. 여전히 그를 포기할 생각 따위는 없어 보였지만 전처럼 드러내 놓고 들러붙을 기미는 보이지 않았다.

장택근은 손님을 맞았다. 오디오 작업이 끝난 이후 처음으로 누군가를 만난 것이다. 물론 그 방문객이라는 사람이 껄끄럽기만 한 용건을 들고 왔지만 그는 태연한 얼굴로 그에게 차를 대접했다.

"그보다 갑작스레 이렇게 찾아오신 이유가……."

그래도 조금은 자신의 입장을 생각해 달라는 투로 완곡하게 말하니 최형식 형사가 미안한 얼굴로 대답했다.

"다른 게 아니라 김선영 씨에 수사에 몇 가지 추가적으로 알아낸 게 있어서 확인차 들렸습니다.

그렇게 말한 최형식이 낡은 가방에서 서류 봉투를 꺼내 들었다. 재생지 특유의 탁한 황토 빛 봉투에서 몇 장의 사진이 튀어나왔다.

CCTV의 화면을 출력한 것인지 화질이 빈말로라도 좋다고 할 수 없는 사진 속에는 웬 여인이 찍혀 있었다. 아파트 복도인지 어딘지 좁고 기다란 통로를 거니는 여인의 모습에 장택근이 눈을 찢어져라 부릅떴다.

"사진이 찍혔는데 좀 이상한 게, 여기 보면 이 사람 주변만 얼룩이 져 있잖아요. 카메라가 고장 났나 했더니 그건 또 아니더라고요."

그의 말마따나 사진은 얼룩이 워낙 심해 간신히 여인의 실루엣만 알아볼 수 있을 정도였다. 하지만 장택근의 눈이 튀어나올 만큼 놀란 것은 그 실루엣만으로도 여인의 정체를 알 수 있었다.

"혹시 짐작 가는 거 없습니까? 저희 측에서는 아무래도 김선영 씨가 방송 쪽 일을 하셨으니 그쪽 계통 종사자가 아닐까 하는데, 워낙 일에 치어 살다 보니 딱 떠오르는 사람이 없네요."

짐작 가는 게 왜 없겠는가. 그림자만 보아도 누구인지 알아볼 수 있는 그녀의 실루엣인 것을.

"없습니다. 사진 화질이 워낙 좋지 않아서 도통 알아볼 수가 없네요."

그는 목 끝까지 치밀어 오른 이지원의 이름 석 자를 도로 집어삼켰다. 왠지 지금 그녀에 대해서 말했다가는 단숨에 용의자로 지목될 것만 같았다.

게다가 하필이면 지금 그녀는 실종 상태가 아닌가. 다른 증거가 나오지 않더라도 지금의 상황만으로도 범인으로 몰리기 십상이었다.

하지만 그는 생각했다. 과연 이 모든 것이 단지 공교로운 우연의 일치일까.

"그렇습니까? 혹시나 했습니다. 아무래도 같은 계통 사람이라면 뭔가 조금이라도 알 수 있지 않을까 해서요."

말과는 달리 최형식의 눈초리가 그를 탐색이라도 하듯 훑어댔다. 아무래도 처음 사진을 보았을 때 저도 모르게 놀란 얼굴을 해보인 점이 수상했던 모양이다.

이쪽 일이라면 지겹도록 겪어왔을 형사이니만큼 그의 행동을 수상하게 생각할 수도 있었다. 그래서 그는 지금의 자리가 더욱 불편해졌다.

"도움이 못 되어드려 죄송하군요. 다음에 또 새로운 사실이 있으면 알려주세요."

완곡하게 축객령을 내렸지만 최형식 형사는 여전히 의자에서 엉덩이를 뗄 생각을 하지 않았다. 결국 한숨을 내쉰 장택근이 그에게 단호하게 말했다.

"쉬고 싶군요. 영화 때문에 요즘 몸이 좀 피곤해서……."

대놓고 집주인이 나가라 하자 버틸 재간이 없는 모양인지 최형식이 뭉그적거리며 엉덩이를 일으켰다.

"알겠습니다. 이거 바쁘신 분인데 제가 예고도 없이… 무례를 범했습니다."

그렇게 말한 그가 성큼성큼 현관을 향해 나아갔다. 피로가 가득한 얼굴로 그의 뒷모습을 바라보고 있던 장택근이 한숨을 내쉬었다.

"아, 그런데 말입니다."

문득 현관을 열고 나서던 최형식이 말했다.

"수사를 하다 보니 재미있는 사실이 있더군요. 장택근 씨 주변에 요즘 일이 좀 많이 일어났다죠? 그것도 아마존의 저주 인가 뭔가 하는. 피라미드의 저주는 들어봤지만 아마존의 저 주는 또 처음이네요."

내내 사람 좋은 얼굴을 유지하던 그의 얼굴이 이때만큼은 날카롭게 변해 있었다.

"그럼 조만간 또 찾아뵙겠습니다."

다시 만날 거란 그의 말이 어찌나 신경 쓰이던지 장택근은 인상을 와락 찌푸렸다.

쾅!

다소 거칠게 문이 닫히고 다시 혼자 남은 그는 길게 숨을 토해냈다. 또다시 갑갑증이 도지기 시작한 모양이었다. 숨이 가빠오고 가슴께가 뻑적지근한 것이 고통스러웠다.

의심을 받고 있는 건가.

어딘지 모르게 그를 대하는 태도가 조금은 달라진 최형식 을 떠올리며 그는 이를 악물었다.

이지원, 대체 무슨 일을 벌이고 다니는 거냐.

김선영이 죽기 직전 마지막으로 보낸 엉망진창의 문구, 이 지원을 조심하란 그 짤막한 문장이 머릿속을 휘저어댔다.

게다가 최형식이 보여준 CCTV의 출력 사진은 어떤가. 좋지 않은 화질에 얼룩이 져 있어 알아보기 힘들었지만 사진 속의 여인은 분명 이지원임이 분명했다.

어쩌면 지금의 이 길고 긴 실종이 타의에 의한 것이 아니라 그녀 자의에 의한 것이라면 무슨 의도인지 알고 싶었다.

브라질 공항에서 처음 보았고, 그 뒤로 쭈욱 이어진 인연이 여기까지 와버렸다. 그런데 지금의 그녀가 자신이 알던 그녀가 맞는지 의문이 들 지경이다.

악몽, 이 모든 게 차라리 악몽이라면 좋겠다.

깨고 나면 이 머릿속에 남은 혼란스러움과 지인의 죽음으로 뭉개진 가슴이 다시 원래의 모습으로 돌아올 수 있도록.

*　　*　　*

이지원이 실종된 지 꼭 한 달이 되었다. 그동안 많은 일이 있었다.

오디오 작업이 끝난 영화 〈심장이 뛴다〉가 개봉을 한 달 남겨두고 최종 홍보 영상을 공개해 대한민국 전체를 뜨겁게 달구었고, 장택근은 수많은 러브콜을 받았다.

영화 〈도살자〉에서 살인마를, 그리고 다시 드라마 〈체크메이트〉에서 냉철하지만 뜨거운 심장을 지닌 특수요원을, 이

제는 헌신적이면서도 인간적인 소방관을 성공적으로 연기해
낸 그에 대한 관심이 날이 갈수록 높아졌다.

가뜩이나 근래 들어 인기몰이를 하던 그인데 이제는 그 인
기가 하늘 높은 줄 모르고 치솟고 있었다.

당연히 NB엔터인먼트는 신이 날 수밖에 없었다. 소속 배
우가 이렇게 이름값을 올리니 영화 개봉을 앞두고 회사의 주
가가 날이 갈수록 치솟아올랐다.

"이러다가 막상 개봉하면 또 막 욕 달리는 거 아냐?"

이우혁이 들뜬 음성으로 물었다가 추영훈에게 타박을 받
았다.

"재수 없는 소리. 말이 씨가 된다."

그의 말에 찔끔한 이우혁이 변명처럼 입을 놀려댔다.

"에이, 그냥 해본 말이죠. 영화야 대박이 기정사실 아닙니
까. 지금 홍보 영상이 영화의 전부니 마니 말이 많은데 영화
를 찍은 우리가 잘 알죠. 이 영화, 최소 500만 이상입니다."

500만이 뉘 집 개 이름이냐고 하겠지만 이야기를 듣는 추
영훈도 장택근도 그 말에는 이견이 없었다. 아니, 오히려
1,000만은 가뿐히 넘어가지 않을까 하는 기대마저 하는 중이
다.

그만큼 최종 편집이 끝난 영화 〈심장이 뛴다〉의 퀄리티는
높았다. 영상미, 음악, 스토리, 연기, 재미까지 뭐 하나 빠지

는 구석이 없었다.

"그럼 우혁 씨도 이제 곧 유명해지겠네?"

그래도 한때 장래가 창창해 보여 NB엔터테인먼트의 유망주로 관심을 받던 이우혁이다. 김인숙 이사가 직접 데리고 다니며 오디션에 밀어 넣어줄 정도로 유망주이던 그가 어쩐지 장택근이 온 뒤로 찬밥신세가 되었지만, 이제는 빛을 볼 시기가 된 모양이다.

"그랬으면 소원이 없겠네요. 저도 택근이처럼 밴도 타고 다니고 이슈도 좀 내봤으면 좋겠어요. 도살자도 기대 많이 했는데 막상 뚜껑을 열고 보니 죄다 택근이 얘기뿐이었잖아요."

지난 영화에서 제법 매력적인 캐릭터로 흠잡을 데 없는 연기를 선보인 이우혁이지만 운이 좋지 않았다.

얼굴과 연기로는 대한민국 남자 배우 중 최고라는 최민혁과 두말할 것도 없는 흥행보증수표 이지원, 게다가 조연들마저 연기력이 좋기로 소문난 배우뿐이었다. 거기에 더해 장택근마저도 임팩트 있는 연기로 스포트라이트를 받고 말았으니 자연스럽게 이우혁에 대한 관심은 뒷전이었다.

하지만 이번만큼은 그도 기대를 하는 모양이다. 전의 역할에 비해 비중도 높고 몇 번이나 훑어본 영화 최종 편집본에서 본 그는 제법 눈에 띄었으니까.

"정영태 감독이 신의 한 수를 뒀어. 그거 영상 반은 사고 영상이잖아. 그걸 그렇게 편집해서 살릴 줄이야. 보는 내가 다 심장이 쪼그라들더라."

추영훈의 말에 장택근의 얼굴이 다시금 어두워졌다.

사고에 대한 이야기가 나오니 자연스럽게 자신을 뒤따라다니던 그림자와 아마존의 저주가 떠오른 탓이다. 그리고 당연하게도 이지원에게까지 생각이 닿았다.

추영훈과 이우혁이 신나게 떠들어대다가 그의 표정을 보고는 살살 눈치를 보기 시작했다. 요 근래 들어 우울증이라도 왔는지 부쩍 어두워진 그의 표정에 걱정되는 모양이다.

"제수씨는 아직도 연락이 없어?"

이우혁이 조심스럽게 물었다.

"벌써 한 달째인데 대체 어딜 간 거야? 땅으로 꺼진 것도 하늘로 솟은 것도 아닌데."

추영훈 역시 염려를 표했다.

장택근과 이지원의 열애 시나리오는 딜레이가 아니라 파기되었다. 이제 와서는 굳이 스캔들을 낼 필요가 없을 정도로 그가 성장해 버린 탓도 있었지만, 요 근래 들어 방송가에 떠도는 좋지 못한 소문이 죄다 이지원을 향한 탓이기도 했다.

섹스 스캔들, 그리고 그녀의 안하무인적인 행동, 그리고 지금의 실종에 이르기까지 온갖 억측과 소문이 그녀를 따라다

넜다. 사실 무근인 이야기도 많았지만, 이런 소문이 돈다는 것 자체로 이미지에 커다란 타격을 받을 수밖에 없는 게 방송가의 생리였다.

이지원의 기획사에서 필사적으로 그녀의 실종 소식이 퍼져 나가는 것만큼은 막고 있었지만, 이미 한 달간이나 돌아오지 않는 그녀를 찾아 수많은 기자가 일본으로 출국하거나 각자의 라인을 동원하여 그녀의 근황을 추적하고 있었다.

"혹시 모르죠. 워낙에 제멋대로인 성격이니까요."

장택근이 애써 태연한 얼굴로 마음에도 없는 소리를 했다. 이제는 그녀의 실종과 김선영의 죽음을 연관 지어 생각할 수밖에 없었다. 그렇지 않고서야 이렇게 갑작스럽게 잠적할 리가 없지 않은가.

태연한 얼굴을 해보인다고 했지만 잇새로 한숨이 새어 나오는 것만큼은 그도 참을 수 없었다.

"빨리 돌아와야지. 이러다 우리 택근 씨 상사병으로 죽겠네."

추영훈의 너스레에 장택근이 한숨을 내쉬다가 문득 생각났다는 듯이 물었다.

"근데 우영이 놈은 요즘 뭐 해요? 도통 보이지를 않네요."

평소라면 사무실에 앉아 오가는 사람들을 붙잡고 농담 따먹기라도 하고 있어야 할 김우영이 어쩐 일인지 요 근래 통

보이지를 않았다.

"나도 몰라. 괜히 밖으로 돌면서 사고치는 것보다는 낫다 싶어서 그냥 내버려 두는데 집에서 통 나오지를 않네."

추영훈의 심드렁한 말에 장택근은 불현듯 불길한 예감이 들었다. 자신을 비롯한 여자들이 겪은 것만큼이나 깊은 어둠. 그것은 김우영에게도 해당되는 이야기였다.

일전에 만났을 때도 악몽에 시달리고 있다고 하지 않던가. 거기까지 생각이 미친 장택근은 전화기를 들었다.

"왜? 전화해서 부르게? 내버려 둬. 어제도 통화했는데 집에서 게임하며 지내는 모양이야. 영화 개봉할 때쯤 되면 나오겠지."

그의 속도 모르고 지껄여 대는 추영훈을 무시하고 장택근은 통화 버튼을 눌렀다.

감미로운 발라드 음악이 통화 연결 음 대신 들려왔다. 하지만 몇 번이나 같은 소절이 반복되도록 전화는 연결되지 않았다.

[지금은 사용자가 전화를 받을 수 없어 소리샘으로…….]

인간미라고는 찾아볼 수 없는 기계적인 안내 멘트가 들려왔다. 그는 통화를 종료하고 다시 전화를 걸었다.

"왜? 안 받아? 어제 또 밤새 게임하고 자는 거 아니야?"

"전 무서운데요? 그놈 또 살 뒤룩뒤룩 쪄서 나타나면 영화가 떠도 혼자 망하는 거 아니에요?"

우스갯소리로 지껄여 대는 다른 사람들의 대화를 한 귀로 흘리며 장택근은 휴대폰에 더욱 바짝 귀를 들이댔다.

[지금은 사용자가 전화를 받을 수 없어 소리샘으로 연결됩니다. 삐 소리가…….]

또다시 기계적인 안내원의 멘트로 연결되었다. 장택근은 그 뒤로도 몇 번이나 전화를 해보았지만 여전히 김우영은 전화를 받지 않았다.

"형, 우영이네 집 알죠?"

한창 이우혁과 시시껄렁한 농담을 주고받고 있던 추영훈이 그의 말에 고개를 끄덕였다.

"알지. 근데 왜?"

"저 좀 그리로 데려다줘요."

그의 뜬금없는 말에 추영훈이 영문을 몰라 눈을 동그랗게 뜨고 그를 바라보다 그 표정이 어딘지 모르게 심상치 않자 알았노라 대답하고는 차키를 챙겨 들었다.

"지금 바로 갈 거지?"

"네."

이우혁이 그런 그들을 멀뚱멀뚱 바라보다 덩달아 자리에서 일어났다.

"우영이한테 갈 거면 나도 같이 가. 나도 그놈 얼굴 본 지

꽤 오래됐네."

그의 말에 장택근이 대충 대답하고는 추영훈에게 눈짓으로 재촉했다.

"가자, 가. 우리 택근 씨가 귀여운 동생 보러 간다는데 내가 데려다 줘야지."

여전히 이해가 가지는 않는지 고개를 갸웃거리는 추영훈이었지만 장택근이 괜히 호들갑을 떨지는 않을 거라 생각한 모양이다.

장택근이 앞장서서 사무실을 나섰다. 조급한 그의 걸음걸이에 보조를 맞추던 이우혁이 추영훈에게 눈짓했다. 아무래도 무슨 일인지 아는 게 있느냐고 묻는 눈치다. 하지만 추영훈 역시도 갑작스러운 장택근의 행동에 당황스럽기는 매한가지인지 어깨를 으쓱해 보이곤 걸음을 바삐 놀려댔다.

차에 올라탄 장택근이 그를 재촉했다. 평소에도 과속 운전을 하던 추영훈이 그 서슬에 저도 모르게 평소 이상으로 속도를 올렸다.

"형, 너무 빨리 가는 거 아니에요?"

차창 밖으로 스쳐 가는 아슬아슬한 간격의 차량들을 보며 이우혁이 창 위의 손잡이를 잡으며 말했다.

"아냐. 형, 죄송한데 조금 더 빨리 가주세요."

차 안에서도 여전히 전화기를 붙들고 김우영에게 전화를

하던 장택근이 정색했다. 이제는 슬슬 이우혁도 장택근의 행동에 뭔가가 있지 싶어 묻지 않을 수가 없었다.

"인마, 왜 그래, 사람 무섭게스리? 우영이한테 무슨 일 있대?"

그의 말에 그제야 자신이 지나칠 정도로 사람들을 몰아붙이고 있다는 사실을 깨달은 장택근이 한숨을 내쉬었다. 몇 번이나 숨을 뱉고 들이쉬던 그가 한참 만에 입을 열었다.

"내가 미친 소리 하는 것처럼 들릴 수도 있는데……."

아무래도 지금부터 해야 할 이야기가 정상적인 이야기는 아닌지라 그가 조심스럽게 서두를 뗐다.

"오지형 감독님이랑 아마존 촬영팀 전부 다 자살한 거 알지?"

스스로의 아픈 구석을 헤집으며 말하는 그의 말에 이우혁도 허투루 듣지 못하고 자세를 바로 했다.

"근데 전부 죽기 전에 악몽에 시달렸거든."

그렇게 말하니 운전대를 붙잡고 끙끙거리던 추영훈이 끼어들었다.

"뭐야, 지금 택근 씨도 아마존의 저주니 뭐니 하는 이야기하려는 거야?"

어지간한 사람이라면 홍밋거리 그 이상도 이하도 되지 않을 허무맹랑한 이야기. 아마존을 다녀온 이들이 차례로 죽음을 맞는다. 싸구려 소설에서나 보일 법한 소재인지라 그의 목소리에 마뜩찮은 기색이 역력했다.

"일단 제 얘기를 들어주세요."

왜일까, 이제까지 꾹꾹 참아오던 이야기를 이제야 꺼내는 이유는. 어쩌면 유일한 안식처이던 이지원마저 믿을 수 없게 된 지금 장택근 스스로 어딘가에 이 악몽을 털어놓고 싶은 것일 수도 있었다.

"오지형 감독님도 그렇고 이제까지 자살한 사람들 전부 악몽이나 환상, 또는 환청에 시달렸어요. 전부 죽기 전까지 지독한 광증을 보이거나 히스테리를 부렸다고 했거든요."

김선영이 죽기 전에 마지막으로 보내준 메일에는 아마존 촬영팀의 죽음이 세세하게 적혀 있었다. 몇 월 며칠 어떻게 무얼 하다 죽었는지까지 자세하게 기록된 데이터에 의하면 사망자는 모두 악몽으로 인한 불면을 호소했다고 한다.

"형도 아시죠, 오 감독님이 그렇게 대가 약한 분이 아닌 거? 그런 분도 그렇게 악몽에 시달리다 견디지 못하고 스스로 목숨을 끊었어요."

말을 하면서도 채 아물지 않은 상처가 다시 벌어지는 기분이 들었지만 지금은 어쩔 수 없었다. 이렇게라도 이야기하지 않으면 그들이 자신의 이야기를 믿어줄 것 같지 않았다. 게다가 스스로도 털어놓지 않으면 좁은 가슴이 뻥 하고 터져 버릴 것만 같았다.

"그리고 우영이도 악몽에 시달렸다고요."

그의 말에 이우혁이 몸을 떨었다. 믿든 안 믿든 간에 이야기만으로도 으스스한 기분이 든 모양이다.

"나는 그런 얘기 못 들었는데?"

잠깐 사이에 잠겨 버린 목소리로 말하고는 스스로가 놀라 목을 가다듬는 그를 보며 장택근이 이야기를 이어갔다.

"말 안 했지. 그놈이 속이 없어 보여도 의외로 남자다운 구석이 있어서 제 얘기는 잘 안 하더라고. 나도 우연히 모임에서 이야기를 하다 보니 들은 거야."

아마존의 생존자 모임이라니, 듣는 것만으로도 심령학 모임과도 같은 우스꽝스러운 느낌이다. 애써 말을 두루뭉술하게 한 그가 다시 말했다.

아니, 말하려고 했다. 입을 열려는 순간 갑작스러운 두통에 그는 머리를 부여잡고 고개를 숙였다.

머리가 쪼개질 것 같았다. 불끈거리는 관자놀이의 혈관이 당장에라도 터질 것처럼 뛰어댔다. 몇 번이나 겪어온 갑작스러운 두통이지만, 이번에는 그 강도가 비교도 할 수 없을 정도로 거셌다.

결국 참다못한 그가 잇새로 신음을 흘렸다.

"어? 택근아, 왜 그래?"

이우혁이 그 심상치 않은 모습을 보고 깜짝 놀라 외쳤다. 하지만 장택근은 순간적으로 눈앞을 스쳐 가는 영상에 아무런 말도 하지 못했다.

*　　　　*　　　　*

검은색 밴이 고속으로 도로를 질주하고 있다. 비좁은 틈새 사이로 날카롭게 커브를 돌며 차선을 갈아타는 차량의 모습이 위태롭게만 보인다. 클랙슨이 울린다. 주변에서 질색하며 차들이 비켜서지만 유독 생수를 가득 실은 트럭 한 대만이 보조를 맞추어 함께 달려댄다. 그리고 차선을 다시 한 번 바꾸던 밴이 뒤따르던 다른 차선의 차가 공간을 내주지 않자 다시 원래의 차선으로 돌아가려 방향을 꺾는다.

그 순간 트럭의 속도가 올라간다. 좌로 빠지지도 못하고 우로 돌아가지도 못하고 밴이 갈팡질팡 방향을 이리저리 꺾어대다 결국은 트럭과 충돌한다. 차창이 잘게 부서져 허공중으로 튀어 오르고 네모반듯한 밴이 데굴데굴 구르다 엉망진창으로 부서져 버린다. 도중에 차창 밖으로 누군가가 튕겨져 나간다. 한참을 데굴데굴 굴러대던 밴이 멈추고 창밖으로 튕겨져 나간 이가 비척거리며 몸을 일으킨다.

그 순간 뒤따르던 차량 한 대가 그의 몸을 완전히 짓밟고 지나간다. 뒤늦게 사고를 알아차린 차량들이 잇따라 급제동을 하며 연쇄 추돌 사고가 일어났다.

차량의 파편과 유리 조각, 그리고 새빨간 선혈이 이리저리 떡칠이 된 도로 사이로 사람들의 신음 소리와 비명이 울려 퍼졌다.

*   *   *

"으헉!"

영상이 끝나기가 무섭게 막혔던 숨통이 트였다. 펄떡거리는 심장이 가슴을 뚫고 나올 듯 미친 듯이 뛰어댔다.

"헉! 헉! 헉!"

마치 물속에 한참이나 잠겨 있다 급부상한 사람처럼 장택근이 숨을 헐떡였다.

"택근아! 괜찮아?"

뒤늦게 이우혁이 호들갑을 떨며 자신을 바라보고 있는 것이 보였다. 여전히 진정되지 않는 호흡을 가다듬으며 그가 텅 빈 눈동자를 해보이다가 갑작스레 소리를 질렀다.

"형! 형!"

그렇지 않아도 뒷좌석에 신경을 집중하고 있던 추영훈이 그의 말에 바로 대답해 왔다.

"괜찮아? 병원으로 갈까?"

"아니, 아니! 그게 아니라 차! 차!"

마음이 급한 탓에 제대로 말이 나오지를 않았다. 필사적으로 헐떡거리는 음성으로 말을 해보지만 추영훈은 영문도 모르고 룸미러로 걱정스러운 시선을 던져올 뿐이다.

"차 세우라고요! 빨리요!"

그의 말에 추영훈이 눈을 동그랗게 떴다.

"세우라고? 어디에? 조금만 기다려. 저기 IC에서 빠져나가면……."

"갓길에라도 세워요! 빨리요!"

갑작스러운 그의 난동에 추영훈이 인상을 찌푸렸다. 하지만 어딘지 모르게 절박해 보이는 장택근의 말을 무시할 수 없어 그가 운전대를 꺾었다.

빠아아아앙!

그 순간 귀청을 찢을 듯한 경적 소리가 들려왔다.

"아, 저런 미친 새끼!"

추영훈이 깜짝 놀라 핸들을 꺾으며 욕설을 내뱉었다. 깜박이를 넣고 공간까지 확인했건만 한참 뒤에 있던 트럭이 갑작스레 급가속을 한 탓이다.

차체가 기우뚱하더니 이내 안정을 되찾았다.

"아오! 하여간 운전을 똥구멍으로 배운 것들은 죄 잡아 죽여야 해!"

어지간히 놀란 모양인지 드물게 욕설을 내뱉으며 쌍심지를 돋우는 그의 모습에 장택근이 다시 말했다.

"형, 세워요, 세워."

이제는 애원에 가까운 그의 음성에 추영훈이 씩씩거리다 핸들을 꺾었다. 이번에는 다른 차량이 갑작스레 끼어드는 일 없이 갓길에 차를 대는 데 성공한 추영훈이 비상 깜빡이를 켜고 천천히 속도를 줄였다.

장택근은 차체의 속도가 느려지는 것을 느끼며 전면으로 보이는 트럭을 노려보았다. 아찔할 정도로 생수통을 가득 적재한 트럭이 시끄럽게 경적을 울려대며 위험한 곡예 주행을 하고 있다.

"후우, 이제 말해봐."

차가 완전히 정차하자 추영훈이 한숨을 내쉬며 말했다.

"왜 차를 세우라고 했는지."

갑작스러운 그의 행동에 하마터면 사고가 날 뻔한 탓인지 그의 얼굴에 화난 기색이 역력했다. 하지만 장택근은 아무런 말도 할 수가 없었다.

뭐라고 말한다는 말인가. 교통사고가 나서 깡그리 죽는 환상을 보았다고 말하겠는가. 또 그렇게 말하면 추영훈과 이우혁이 큰일 날 뻔했다고 말하며 고개를 끄덕여 주겠는가.

아무런 대답도 하지 못하고 장택근이 입을 꾹 다물고 있자 추영훈이 다시 입을 열었다.

"택근 씨, 오늘 왜 그래, 대체? 아까부터 이상한 소리나 하고 말이야. 지금 택근 씨 때문에 사고 날 뻔한 거 알아?"

트럭운전사가 공격적으로 자리를 차지한 탓도 있었지만 애초에 장택근의 부탁이 없었다면 차선을 변경할 일이 없었다. 이우혁도 놀라움이 가시자 화가 나는지 표정이 좋지 않았다.

방금 전까지야 장택근은 고통을 호소하고 차는 하마터면 사고가 날 뻔해 이래저래 정신이 없어 입을 꾹 다물고 있었지만 뒤늦게 화가 치밀어 오른 얼굴이다.

"인마! 너 왜 그래, 대체!"

이우혁이 버럭 소리를 지르는데 추영훈이 한참이나 장택근의 대답을 기다리다 차문을 열고 나섰다. 아무래도 화가 단단히 났는지 머리를 식히려는 듯했다.

차를 열고 도로에 내려선 그가 가드레일을 짚고는 한숨을 내쉬더니 담배를 꺼내 들었다. 어지간하면 담배 피우는 모습을 보이지 않던 그가 떨리는 손으로 담배를 빼들어 입에 물었다.

그가 다시 한 번 한숨을 내쉬며 막 담배에 불을 붙이는데 도로 저 앞쪽에서 굉음이 터져 나왔다.

빠아아아앙!

방금 전에 들은 트럭의 그것과도 같은 요란한 경적 소리, 차량이 급제동하는 소리, 거기에 이어 무언가가 충돌하는 소리가 꽤나 먼 거리임에도 그의 귀에 생생하게 들려왔다.

그리고 이어지는 비명 소리에 눈에 힘을 주고 저 너머를 바라보는데 연기가 피어오르기 시작했다.

듬성듬성하게 이어지던 차량 행렬이 어느 순간부터 빽빽하게 조여들기 시작했다. 앞이 막히니 뒤 차량들이 더는 나아가지 못하고 멈춰 선 탓이다.

그렇게 멈춰 선 차량의 창을 열고 사람들이 머리를 쭉 빼들었다.

"뭐야? 뭐야? 사고 났나 본데?"

"대박! 12중 추돌은 되겠다!"

용케도 저 멀리서 일어난 상황을 확인한 것인지 몇몇이 깜짝 놀라며 호들갑을 떨어댔다. 추영훈이 입술 사이에 물려 있던 담배가 툭 떨어졌다. 미처 한 모금도 채 빨지 못한 담배가 새빨간 불똥을 아스팔트 위로 뿌리며 연기를 흘렸다.

추영훈이 고개를 돌려 하얗게 질린 얼굴로 새까맣게 선팅이 되어 있는 밴 안을 들여다보았다.

* * *

추영훈이 복잡한 얼굴로 밴 안을 들여다보는데 장택근과 이우혁이 차문을 열고 나왔다. 아무래도 바깥이 소란스러우니 나와 본 모양이다.

"어라? 사고 났나 본대요?"

아직도 화가 풀리지 않은 것인지 이우혁이 인상을 잔뜩 찌푸리고 나왔다가 길게 늘어선 차량의 행렬과 저 앞에서 피어오르는 연기를 보며 중얼거렸다.

"12중 추돌 사고라는데?"

추영훈이 이우혁을 바라보면서 대답하는데 정작 눈동자는 장택근을 향해 있었다. 핏기 하나 없이 창백한 얼굴로 여전히 숨을 몰아쉬고 있는 그를 바라보는 추영훈의 표정에 복잡한 감정이 떠올라 있다.

뭐랄까, 단순한 우연이겠지만 장택근이 아니었다면 자신들도 저 현장에 나뒹굴고 있을지도 몰랐다. 아직도 귓가에 선명하게 들리는 그 커다란 경적 소리가 바로 전에 난폭하게 자신을 밀어내던 트럭의 그것과 완전히 같았다.

"근데 형, 사고 났으면 차를 빼야 하는데 보니까 앰뷸런스가 올 틈이 안 보이는데요."

이우혁의 말에 뒤늦게 정신을 차린 추영훈이 말했다.

"일단 타."

추영훈을 따라 이우혁과 장택근이 다시 차에 올라탔다.

＊　　　＊　　　＊

빽빽한 차량들 틈으로 겨우 비집고 들어간 추영훈은 요란하게 사이렌을 울리며 갓길을 통과하는 앰뷸런스와 경찰차를 보며 한숨을 내쉬었다.

[강변북로 상행에서 14중 추돌 사고가 일어났습니다. 사고는 도로를 질주 중이던 트럭과 버스가 충돌하며 일어났으며, 이 사고로 강변북로 합정 이후 구간에 극심한 정체가 이루어지고 있습니다. 현재 인명 피해를 비롯한 정확한 피해 상황은 파악되고 있지는 않…….]

DMB를 통해 흘러나오는 뉴스 아나운서의 낭랑한 음성에 추영훈은 저도 모르게 룸미러를 힐끔거렸다. 아까보다는 많이 진정되었지만 그래도 여전히 어딘지 모르게 해쓱해 보이는 그의 얼굴을 보는데 자꾸만 쓸데없는 망상이 끼어들었다.

"택근 씨, 있잖아."

결국 참다못한 그가 조심스레 입을 뗐다.

"왜 차 세우라고 한 거야? 그것도 그렇게 갑자기?"

그렇게 말하고는 룸미러에 시선을 고정한 채로 장택근을 살펴보았다. 그의 말에 순간 움찔하고 몸을 떤 장택근이 입을 오므렸다 폈다 반복하더니 결국 도로 입을 다물었다.

"그러게. 너 아니었으면 우리도 큰일 날 뻔했다."

이우혁이 불쑥 끼어들어 장택근의 어깨를 팡팡 두들겨 대는데 추영훈이 다시 한 번 물었다.

"응? 왜 세우라고 한 거야? 뭔가 이유가 있으니까 그랬을 거 아니야."

대체 스스로가 무엇을 기대하는지도 알 수 없는 심정이 되어버린 추영훈이 몇 번이나 그를 닦달했다.

그리고 지금 이 순간 영화 〈심장이 뛴다〉의 촬영 현장에서 일어났던 수많은 사고가 떠오른 것은 왜일까. 장택근의 매니저로서 회사를 대표해 지난 사고 현장의 영상을 무수히도 확인한 그였다. 별달리 다친 곳이 있던 것도 아니고 영화 촬영의 일부가 아닌가 싶을 정도로 장택근을 비롯한 사람들의 대처가 빨라 유야무야 넘어간 적이 있었다.

그런데 왜 지금 그때 본 영상이 떠오르는 것일까.

영상 속의 장택근은 항상 대처가 가장 빨랐다. 사고가 일어날 것을 마치 예견하고 있던 것처럼 불길이 치솟기가 무섭게 소방 호스를 내뻗고는 물을 쏟아냈고, 어딘가 무너지거나 조짐이 이상할 때면 알아서 위험을 피해갔다.

당시에는 그냥 운이 억세게 좋은 모양이라고 생각했는데, 막상 오늘의 일을 겪고 보니 영 마음에 걸렸다.

그래서인지 그는 자신도 모르게 장택근을 추궁하고 말았다.

"이유도 없이 세우라고 한 거야? 한창 고속 주행 중이던 차를? 그건 아니잖아. 이유가 있을 거 아냐."

이해할 수 없는 상황에 대한 혼란스러움과 하마터면 대형 사고에 휘말릴 뻔했다는 스트레스가 꽤나 컸던 모양이다. 그의 음성이 조금 히스테릭해졌다.

"형, 왜 그러세요. 좋은 게 좋은 거라고, 택근이 덕분에 지금 우리 멀쩡한 건데."

이우혁이 추영훈의 기세에 지레 겁을 먹고 중재한답시고 호들갑을 떨었다. 그렇게 자신을 중심에 두고 소란이 일어나는데도 장택근은 입을 다물고 있었다.

그리고 한참이나 지나 꺼낸 이야기는,

"형, 기다려 주세요. 제가 나중에 다 설명드릴게요."

라는 한마디뿐이었다. 여전히 풀리지 않는 의문 탓에 추영훈은 무언가 가슴 한구석이 갑갑해졌지만, 때마침 사고 상황이 수습되었는지 느릿느릿하게 이동을 시작하는 차량의 행렬 탓에 시선을 돌렸다.

꾸물꾸물, 마치 애벌레가 기어가듯 느릿느릿하게 움직이

는 차량의 행렬 틈에서 추영훈과 일행이 탄 밴이 사고 현장을 지난 것은 그로부터도 한참의 시간이 흐른 뒤였다.

깨어진 차창의 파편과 흉물스럽게 현장을 굴러다니는 생수통, 그리고 새빨갛게 도로에 묻어 있는 액체, 보는 것만으로도 등골이 서늘해지는 대형 사고 현장의 광경이다. 아니, 사고라는 말로는 부족했다. 생전 눈으로 본 적 없는 참사의 흔적이었다.

"진짜 난리 났네. 사람 여럿 다쳤을 거 같은데요."

다치기만 했을까. 추영훈이 차마 입 밖으로 내뱉지 못한 말을 삼키며 천천히 경찰의 인도를 따라 차를 이동시켰다. 사고 현장을 지나자마자 뻥 뚫린 도로를 보며 엑셀을 밟는데 그는 저도 모르게 다시 한 번 룸미러를 보았다.

장택근은 사고 현장을 보며 왠지 모르게 자책이 가득한 얼굴을 하고 있었다.

4장

숲의 선택

"형, 여기까지 바래다줘서 고마워요. 집에 들어갈 때는 알아서 갈 테니까 먼저 들어가세요. 어차피 오늘은 특별한 일도 없잖아요."

차가 서기가 무섭게 뛰쳐나간 장택근이 운전석 옆에 붙어 말했다.

원래는 그럴 계획이었다. 하지만 이제는 뭘 좀 알아야겠다.

자꾸만 이해할 수 없는 행동을 하는 장택근을 더는 받아들이기가 쉽지 않았다. 게다가 그를 둘러싼 이지원과 윤신애,

진재영의 기이할 정도의 유대감 역시 찜찜했다.

사이좋은 네 남녀, 그런데 실상은 장택근 하나를 둘러싼 싸구려 치정극이 시시때때로 벌어진다. 조강지처인 이지원을 곁에 두고도 이상할 정도로 장택근에게 집착하는 여인들의 모습도, 또 그를 묵인하는 이지원도 그로서는 이해가 되지를 않았다.

아마존에서 무슨 일이 있었는지 대충 들어 알고는 있지만 그 외에도 분명 뭔가가 있었다. 평소라면 신경도 쓰지 않을 문제였지만, 사고가 날 뻔한 아찔한 순간을 떠올리면 도저히 그렇게 할 수 없었다.

"아냐. 나도 간만에 우영 씨 얼굴 좀 보고 갈게. 그래도 매니전데 너무 무심했던 거 같아."

딴에는 맞는 말이다. 비록 배우라는 놈이 말도 더럽게 안 들어 처먹고 제멋대로인 원수 같은 김우영이지만 매니저로서 못할 말은 아니었다.

장택근도 딱히 반박할 말이 없는 모양이다. 한숨을 내쉬고는 알았노라 대답한다.

"1601호라고 했죠?"

"어, 16층 1호. 먼저 가 있어. 주차하고 바로 따라갈게."

결국 마지못해 이우혁을 뒤에 매달고 털레털레 엘리베이터를 향해 가는 그를 보며 추영훈은 어두운 지하주차장 깊숙한 곳으로 파고들었다.

＊　　　＊　　　＊

"천천히 가. 누가 안 잡아가."

이우혁의 말에도 장택근은 걸음을 늦추지 않았다. 사고가 나는 바람에 도로에서 많은 시간을 허비했다. 불길한 예감은 자꾸만 커지는데 시간이 지체되었으니 마음이 편할 리가 없었다.

그래서인지 걸음이 빨라지면 빨라졌지 느려지진 않았다.

"아오, 너 오늘 진짜 왜 이러냐."

제 발로 쫓아온 것이라 화도 내지 못하고 이우혁이 입만 삐죽거렸다.

그가 그러거나 말거나 장택근은 1601호 앞에 서자마자 벨을 눌렀다.

떵동.

가만히 귀를 기울여 보지만 아무 소리도 들리지 않았다.

"이 새끼, 진짜 밤새 게임하고 자나 보다."

이우혁이 또다시 쓸데없는 소리를 늘어놓는데 장택근은 그를 무시하고 다시 한 번 벨을 눌렀다.

떵동.

맑은 초인종 소리가 조용한 아파트 복도에 울려 퍼졌다. 하지만 여전히 안에서는 대답이 없었다.

"어? 어디 나간 거 아냐?"

이우혁이 이렇게 수다스러운 남자였던가. 장택근은 슬슬 고개를 쳐드는 불길한 예감 때문인지 곁에서 쫑알거리는 이우혁에게마저 화가 날 지경이었다.

띵동띵동

갈수록 벨을 누르는 속도가 빨라졌다. 이제는 맑다는 느낌보다는 신경질적인 느낌이 강해진 빡빡한 간격의 벨소리에 이우혁이 귀를 막았다.

띵동띵동.

하지만 김우영은 여전히 나오지 않았다.

띵동띵동, 띵동띵동, 띵동띵동.

쉬지 않고 벨을 눌러대는 장택근을 바라보던 이우혁이 와락 인상을 쓰며 그의 손을 잡았다.

"인마! 이거 민폐야! 나갔나 보지, 뭘 그렇게……."

시끄럽다며 설교를 늘어놓으려던 이우혁이 입을 다물었다.

장택근의 눈동자가 노랗게 번들거리고 있는 탓이다. 생전 듣도 보도 못한 괴사에 놀라기도 전에 다리에 힘이 풀리고 말았다. 눈을 마주치는 순간 마치 포식자 앞에 놓인 토끼처럼 사지의 근육이 풀리고 온몸이 굳어버렸다.

노란 눈동자를 한 장택근이 다시 고개를 돌렸다. 그리고는 방금 전과 마찬가지로 벨을 누르기 시작했다.

"왜, 우영 씨 어디 갔어?"

그때 신경질적인 벨소리 사이로 추영훈의 음성이 끼어들었다.

"어? 우혁 씬 또 왜 그러고 앉아 있어?"

차키를 손에 들고 뱅뱅 돌려대던 그가 바닥에 주저앉은 이우혁을 보고는 의아한 얼굴을 했다.

"그… 그게……."

저도 모르게 장택근을 힐끔거린 이우혁은 마른침을 삼키며 그의 옆얼굴을 바라보았다. 무슨 생각을 하는지 알 수 없는 표정을 한 그가 벨에 손을 딱 붙인 채로 미동도 하지 않았다.

"아니에요."

이우혁은 후들거리는 다리를 겨우 지탱하며 몸을 일으켰다. 아직도 온몸의 피가 싹 다 빠져나간 것처럼 사지에 힘이 하나도 들어가지 않았다.

"왜? 우영 씨 없어?"

추영훈이 다시 물었다.

"그런가 봐요. 아무리 벨을 눌러도 나오지를 않네요."

애써 태연한 얼굴을 한 이우혁이 대답했다.

"나와 봐. 나한테 키 있거든."

그렇게 말하고는 추영훈이 아무렇지도 않게 장택근을 밀쳐내는데 이우혁이 몸을 움찔거렸다. 방금 전에 본 샛노란 눈동자가 다시금 자신과 추영훈을 옭아맬까 봐 잔뜩 겁먹은 기색이다.

하지만 추영훈의 손짓에 선선히 물러난 장택근의 얼굴은 평소와 같았다. 방금 전의 그 살벌한 모습은 온데간데없는 얼굴이라 이우혁은 꿈을 꾼 듯한 기분이 들었다.

아직도 온몸에 돋아난 닭살이 채 가라앉지도 않았는데 저런 태연한 얼굴이라니.

그의 얼굴에 허탈함이 떠올랐다. 하지만 그래도 조금 전보다는 확연히 혈색이 좋아진 그는 뒤늦게 자신의 실태가 떠올라 헛기침을 하며 목을 가다듬었다.

추영훈이 그런 그를 힐끔 쳐다보고는 호주머니에 손을 집어넣었다. 짤그랑거리는 소리와 함께 가죽 키홀더에 매달린 열쇠 꾸러미가 모습을 드러냈다.

"어떤 거더라?"

키홀더에 매달린 여러 개의 열쇠를 이리저리 들춰보던 그가 은색 광택이 나는 기다란 열쇠 하나를 뽑아 들었다.

"여기 있네."

이상할 정도로 느긋한 추영훈의 태도에 장택근이 입술을 짓씹었다. 초조함이 가득한 얼굴로 입술을 잘근잘근 씹어대고 있던 그의 귓가로 찰칵 하는 소리와 함께 문의 잠금 장치가 해제되는 소리가 들려왔다.

"어?"

현관문 앞에 붙어 열쇠를 빼내고 있던 추영훈은 갑작스레 누군가 자신을 밀쳐내자 얼빠진 소리를 내뱉었다. 장택근이 그렇게 미처 반응도 하지 못하고 입만 뻥긋거리는 추영훈을 밀쳐내고 그대로 집 안으로 뛰어들어갔다.

이어 철컥 하고 문이 잠기는 소리가 들렸다.

추영훈과 이우혁이 그 모습을 멍하니 바라보다 뒤늦게 문이 열리지 않자 황당한 얼굴을 해보였다. 언제 빼갔는지 장택근이 열쇠마저 빼가 버린 상황이라 그들은 괜스레 문을 두들기며 소리쳤다.

"택근 씨! 뭐 하는 거야! 문 열어!"

장택근은 그들의 고함 소리를 애써 무시하며 빠르게 아파트 내부를 훑어보았다.

완전한 어둠, 아직 시간이 이른데도 불구하고 실내는 빛 한 점 들어오지 않았다. 무엇으로 가려놓았는지 창문조차 어디 있는지 구분이 안 갈 지경이라 그는 인상을 찌푸렸다.

익숙하다. 아니, 익숙하면서도 다르다.

일전에 윤신애의 집을 찾아갔을 때 이런 느낌을 받은 적이 있었다. 그때는 지금의 상황과는 반대로 그림자 하나 없이 온 사방에 불을 켜둔 실내가 기괴했다. 지금과는 완전히 다른 광경이다.

하지만 장택근은 그럼에도 불구하고 완전히 같은 느낌을 받았다. 등골을 타고 차가운 기운이 흘러내리는 듯한 그 감촉에 그는 이를 악물었다.

어둠 속에서 그의 눈동자가 슬슬 빛을 발하기 시작했다. 마치 짐승의 그것처럼 새파랗게 빛나는 눈동자가 빠르게 실내를 훑었다.

"우영아."

잠깐 사이에 잔뜩 갈라지고 쉬어버린 목소리가 잇새를 비집고 흘러나왔다.

어둠은 여전히 침묵에 잠겨 있었다. 그가 다시 한 번 김우영의 이름을 불러보았다.

"우영아, 있어?"

거실의 한편에 활짝 열린 방문 사이로 기척이 느껴졌다. 장택근은 신발을 벗을 겨를도 없이 문 안으로 뛰어들었다.

"우, 우영아?"

억눌린 신음과 뒤섞여 엉망진창인 음성이 새어 나왔다.

거실과 같이 완전한 어둠 속에 휩싸인 침실의 구석에 김우영이 있었다. 침대와 벽 사이의 비좁은 공간에서 몸을 웅크리고 무릎 사이에 얼굴을 파묻고 있던 그가 천천히 고개를 들었다.

며칠 전까지만 해도 촬영이 끝나 과식을 해대는 통에 금방 요요가 올 거라고 놀림받던 그다. 그런데 지금의 그는 퀭한 눈에 강퍅하게 파인 뺨이 며칠 동안 피죽도 못 먹은 듯한 얼굴이다.

탁한 눈동자가 불안하게 이리저리 흔들리다가 장택근을 발견하고는 찢어질 듯이 부릅떠졌다.

"나야, 나! 택근이 형이라고!"

어둠 속에서도 선명하게 보일 정도로 온몸에 경련을 일으키는 그를 보며 장택근이 다가갔다.

"인마, 이게 무슨……."

"형……."

그가 할 말을 잃고 그의 양 뺨을 부여잡는데 김우영이 힘겹게 입을 열었다. 평소 쾌활함이 지나쳐 다소 방정맞게까지 느껴지던 김우영 특유의 목소리는 온데간데없고 심한 목감기에 걸린 사람처럼 잔뜩 갈라진 음성이다.

"나……."

억눌릴 대로 억눌린 목소리로 그가 더듬더듬 입을 놀렸다.

"무서워."

그 한마디에 담긴 감정이 어찌나 절절하던지 장택근은 저도 모르게 그를 안아주었다.

"괜찮아. 형이 있잖아. 괜찮아. 응? 이제 다 괜찮아."

공포에 질린 김우영이 장택근의 품안에서 몸을 떨었다. 사시나무 떨리듯 떨려오는 몸이 어찌나 앙상한지 촬영을 위해 만들어두었던 근육질의 몸매는 찾아볼 수가 없었다.

"괜찮아."

장택근이 다시 그를 달래주며 이를 악물었다. 조금 더 신경을 써주어야 했다. 진재영과 윤신애의 반만큼이라도 신경을 써주었다면 김우영이 이 지경까지 몰리는 일은 없었을 것이다.

자책과 방향을 잃은 분노가 불처럼 솟구쳤다. 저도 모르게 김우영을 안은 손에 힘이 들어갔다.

"형, 자꾸……."

김우영이 띄엄띄엄 입을 열었다.

"오지 말라는 데도……."

알아들을 수 없는 그의 이야기에 장택근이 순간적으로 그를 품에서 떼어놓았다. 눈물과 콧물로 엉망진창이 된 김우영이 울먹이며 말했다.

"자꾸 와."

대체 뭐가 온다는 말일까. 답답한 심정에 장택근이 조심스레 물었다.

"누가?"

그의 말에 김우영이 순간적으로 몸을 떨더니 얼굴을 일그러뜨렸다. 그리고는 억눌린 신음처럼 한마디를 내뱉었다.

"지원 선배가……."

이지원의 이름이 나온 순간 장택근은 저도 모르게 눈을 질끈 감아버렸다. 이어지는 김우영의 말에 그의 심장이 차갑게 식어버렸다.

"지원 선배가 자꾸 찾아와."

이제까지 아닐 거라 믿어오던, 어쩌면 믿고 싶던 그의 바람이 산산조각이 나버렸다. 김우영이 그를 붙잡고 애원하는 투로 외쳤다.

"오지 말라는 데도 자꾸만 찾아와!"

장택근이 질끈 감았던 눈을 떴다. 가장 먼저 공포와 절망이 범벅이 된 김우영의 얼굴이 눈에 들어온다. 상할 대로 상한 얼굴의 그가 필사적으로 자신에게 매달려 왔다.

"형, 형이 좀 어떻게 해줘. 지원 선배한테 오지 말라고."

완전히 정신이 나가 버린 듯한 김우영이 발작을 했다.

"오지 말라고! 제발!"

고래고래 고함을 친 그가 나중에 가서는 흐느끼며 애원했다.

"제발 좀… 형 여자 친구잖아. 그러니까… 제발……."

끝에 가서는 울먹이는 바람에 무슨 말을 하는지 도통 알아들을 수가 없었다. 장택근이 짧게 대답했다.

"알았어."

지독스러울 정도로 무감정한 자신의 음성에 스스로 소스라쳐 몸을 떨었지만 그는 다시 한 번 말했다.

"형이 못 오게 할게."

그의 말에 그제야 잔뜩 일그러진 얼굴을 푼 김우영이 무너지듯 허물어졌다.

*　　　*　　　*

찰칵, 끼익.

문이 열리기가 무섭게 추영훈과 이우혁이 소리를 버럭 질렀다.

"택근 씨! 지금 뭐 하는 거야! 아까부……."

"인마, 너 왜 그……."

그들이 잔뜩 화가 난 얼굴로 장택근을 다그치다가 장택근의 품에 안겨 잠이 든 김우영을 보고는 입을 쩍 벌렸다.

퀭한 눈에 창백한 얼굴은 핏기 하나 없고 잔뜩 일그러질 대로 일그러진 얼굴로 잠이 든 김우영의 얼굴은 마치 죽은 자의 그것과도 같았다.

"이게 대체……."

추영훈이 놀라서 말도 제대로 잇지 못하고 입만 뻐끔거렸다.

"우혁아, 들어가서 우영이 속옷하고 입을 옷 몇 개만 좀 챙겨다 주라. 그리고 휴대폰하고."

장택근이 무거운 어조로 이우혁에게 부탁했다. 이우혁은 묻고 싶은 말이 산더미같이 많았지만 김우영의 꼴을 보고 차마 질문을 할 수가 없었다.

"형, 저 우영이 좀 무거운데 차 좀 아까 저희 내린 주차장으로 가지고 오실래요?"

그의 말에 추영훈이 엉겁결에 고개를 끄덕이고는 부리나케 뛰어갔다.

"우혁아, 그럼 부탁할게. 나올 때 문단속 잘하고."

뭔가 갑작스러운 상황이 자꾸만 일어나자 이우혁은 아무런 생각조차 할 수가 없었다. 그저 장택근의 지시에 홀린 듯이 고개를 끄덕이다 집 안으로 들어갔다.

그들이 그렇게 이리저리 흩어지자 장택근은 김우영을 안아 들고는 천천히 걸음을 옮기기 시작했다. 시체처럼 축 늘어져 이리저리 흔들리는 그의 팔을 물끄러미 바라보다 마침 도착한 엘리베이터를 타고 그대로 내려갔다.

　　　　*　　　　*　　　　*

　주차장에 내려가니 검정색 밴이 시동을 켜고 그를 기다리고 있었다. 추영훈이 운전석에서 내려 후다닥 뒷좌석 문을 열어주었다.

　눈으로 많은 이야기를 묻는 그를 보며 장택근이 고개를 저었다.

　"나중에. 우영이 먼저 데려다 놓고요."

　혹여 다를 사람이 볼세라 그가 김우영을 밴 안으로 곱게 밀어 넣었다. 힘없이 널브러져 널따란 뒷좌석을 다 차지한 그가 힘없이 팔을 툭 떨어뜨렸다.

　"괜찮은 거지?"

　그 모습이 어찌나 불길해 보이는지 추영훈이 마른침을 삼키며 물었다.

　"네."

　아직까지는요.

　장택근이 차마 내뱉지 못한 한마디를 삼키고는 차에 올라탔다. 마침 이우혁이 비닐봉지에 그가 부탁한 옷가지들을 잔뜩 싸 들고 달려왔다.

　드르륵.

차 문이 닫히자 그나마 들려오던 소음이 완전히 사라져 버렸다. 숨 막히는 침묵이 차 안을 감싸오는데 추영훈이 장택근을 바라보며 물었다.

"어디로 갈까?"

그 숨 막히는 침묵만큼이나 무거운 그의 음성에 장택근이 김우영을 바라보다 대답했다.

"제 호텔로 가주세요."

"병원으로 안 가고?"

언뜻 보기에도 상태가 정상적으로 보이지 않는 김우영이라 걱정이 태산인 모양이다. 멀쩡하던 김우영이 며칠 사이에 반시체가 되어 나타났으니 이우혁과 추영훈이 어찌 걱정하지 않겠는가.

"네, 필요하면 호텔로 부르면 되잖아요."

어차피 공개적으로 김우영의 상태를 다루기에는 미심쩍은 점이 너무도 많았다. 당장이야 장택근의 얼굴이 하도 심각하고 무거워 차마 물을 수 없었지만, 추영훈은 분명히 아파트 안에서 고함 소리를 들었다.

아니, 고함 소리라기보다는 차라리 절규에 가까운 소리였다. 처음 그 소리를 들을 때까지만 해도 장택근이 김우영을 두들겨 패는 것은 아닐까 생각했을 정도로 처절했다.

"그래, 일단 가자."

추영훈이 룸미러로 장택근을 확인했다. 김우영 역시 확인하려 했지만 그는 좌석에 가려 보이지 않고 오직 장택근만이 미러 너머로 보였다. 그 기이할 정도로 선명한 존재감에 마치 장택근 혼자 이 차에 타고 있는 것만 같았다.

"근데⋯⋯."

그 기이한 감각에 그가 몸서리를 한번 치고는 무겁게 얘기했다.

"가면 다 이야기해 줘. 이번에는 나중에 설명한다는 말 듣기 싫다."

무언가 자신의 주변에서 심상치 않은 일이 일어나는데 아무것도 말해주지를 않으니 속이 터질 것처럼 갑갑했다. 추영훈의 침중한 음성에 장택근이 룸미러를 똑바로 바라보며 고개를 끄덕였다.

*   *   *

새하얀 시트 위에 눕혀진 김우영의 모습이 시트와 마찬가지로 새하얗기만 하다. 창백하게 질린 안색에 축 늘어진 모습이 마치 죽은 사람의 모습과도 같아 괜스레 속이 불편해진 추영훈이 고개를 돌렸다.

장택근이 물끄러미 김우영을 바라보다 이불을 덮어주고는

말했다.

"가죠. 우영이 깨요."

그렇게 말하고 방을 나서는 그를 따라 나가던 추영훈이 전등의 스위치를 누르려는데 장택근이 불쑥 손을 내밀었다.

"불은 켜두죠."

장택근의 진지한 표정에 영문도 모르고 고개를 끄덕인 추영훈이 그를 따라 방을 나섰다.

거실을 나가보니 이우혁이 소파에 앉아 어두운 얼굴로 그들을 기다리고 있었다. 추영훈이 장택근을 힐끔 쳐다보고는 이우혁의 곁에 엉덩이를 붙였다.

"뭘 어떻게 설명해야 할지 모르겠네요."

그렇게 서두를 뺀 장택근이 목이 타는지 목가를 부여잡고 쓸어냈다. 마침 찬장에 놓인 일전에 마시다 남긴 위스키를 발견한 그가 단번에 뚜껑을 열었다.

"술은 나중에 마시고 얘기부터 하자. 묻고 싶은 말이 많아."

추영훈이 그런 그에게 눈살을 찌푸리며 말했다. 하지만 장택근은 들은 척도 하지 않고 위스키의 주둥이를 꽉 물고는 목을 젖혔다.

알싸한 술 냄새가 순간적으로 온 사방으로 퍼져 나갔다. 가만히 지켜보던 이우혁도 불쑥 손을 내밀었다.

"나도 좀 줘. 뭔지 모르겠지만 한잔해야겠다."

단숨에 위스키를 반이나 비운 장택근이 병을 내밀자 그가 낚아채듯 병을 잡고는 마찬가지로 병째로 들이켰다.

"캬아, 드럽게 독하네."

술 맛이 독한 것일까, 아니면 지금의 분위기가 지나치게 무거운 것일까.

"형도 마실래요?"

장택근의 말에 추영훈이 저도 모르게 손을 뻗다가 이내 거둬들였다.

"아냐. 난 운전해야지."

그렇게 대답하니 장택근이 다시 남은 위스키를 단번에 비웠다. 거의 새것이나 다름없던 위스키가 순식간에 거덜이 났다.

심각한 상황에 다소 질린 얼굴로 장택근을 바라보던 이우혁이 입을 뗐다.

"자, 이제 얘기해 봐. 뭐가 어떻게 돌아가고 있는 것인지."

술이 조금 들어가서일까. 방금 전보다는 한결 편안해진 얼굴을 한 장택근이 말했다.

"형, 잠깐만요. 이 이야기는 전부 있을 때 하는 게 좋겠어요."

"전부? 전부 누구?"

뜬금없는 그의 말에 추영훈과 이우혁이 눈을 동그랗게 뜨고는 반문했다. 이제 이야기를 시작하나 싶더니 또다시 다른 소리를 하자 이제는 허탈할 지경이다.

"재영이 누나랑 신애도 불러 이야기하는 게 좋겠어요."

그렇게 말한 장택근이 휴대폰을 빼 들었다.

"그 사람들을 왜… 아!"

추영훈이 말을 하다 멈추고 탄식을 내뱉었다. 뒤늦게 아마 존의 저주니 뭐니 하며 세간을 떠돌던 황당한 말이 떠오른 것이다.

결국 장택근이 윤신애와 진재영에게 연락을 했다. 진재영은 아직 업무가 끝나지 않아 저녁이나 되어야 오겠다는 답을 주었지만, 윤신애는 마침 스케줄이 비었는지 바로 오겠다고 말했다.

윤신애는 금방 도착했다. 기다리던 추영훈과 이우혁이야 지루하고 갑갑한 시간이었지만 실제로 그리 많은 시간이 지나지는 않았다.

"어떻게 된 거예요?"

들어오자마자 심각한 분위기를 보고 놀란 그녀가 물었다.

장택근이 무겁게 가라앉은 어조로 오늘 있던 일들을 대충 설명해 주었다. 이지원에 관한 이야기는 제외했지만, 김우영의 상황만 봐도 충분히 심각성을 인지할 만한 사건이었다.

그녀의 얼굴이 대번에 어두워졌다.

어쩌면 이 중에서 가장 김우영의 처지를 이해할 수 있는 건 윤신애였다. 그녀 역시 악몽과 환상에 시달리다 극단적인 방법을 쓴 적이 있었다. 하루하루 지옥 같던 나날 속에서 장택근이 구원해 주지 않았다면 이 자리에 서 있지도 못했을 것이다.

"일단 신애가 설명하는 게 좋겠어요. 신애도 비슷한 경험이 있으니까요."

그의 말에 그녀가 몸을 움찔거렸다. 아무래도 기억을 꺼내들기엔 당시에 느낀 공포가 너무도 큰 탓이리라.

"신애야, 할 수 있지?"

장택근은 그녀의 그런 내심을 누구보다도 더 잘 알고 있기에 조심스럽게 그녀에게 의견을 물었다. 그녀가 창백하게 질린 얼굴로 한참 만에 고개를 끄덕였다.

입술을 깨문 그녀의 표정에 다부진 각오가 서려 있다. 그 정도로 각오가 필요한 일이었다.

"가장 처음 악몽에 시달리기 시작한 건……."

그렇게 서두를 뺀 그녀가 천천히 자신의 이야기를 하기 시작했다.

끊임없이 괴롭히던 검은 그림자의 존재와 알 수 없는 속삭임, 그리고 차동수에 관한 의혹과 자신이 겪은 일을 모조리 숨김없이 말했다.

처음 그녀가 이야기를 꺼낼 때까지만 해도 평온한 안색이던 이우혁과 추영훈의 얼굴이 시시각각 변했다. 처음에는 그저 괴담이라도 듣는 듯 심드렁한 얼굴이었다. 하지만 그녀의 이야기가 계속될수록 그들은 이야기에 몰입하기 시작했다.

최대한 침착하게 이야기를 한다고 애를 쓰고 있지만 결국 드러나는 그녀의 공포와 절망이 절대 거짓이 아닌 탓이다. 저런 얼굴로 하는 말이 거짓일 리가 없었다.

게다가 그녀의 자살 시도는 알음알음 방송가에 다 퍼진 상태였다. 당사자가 그런 일을 겪었는데 듣는 이가 몰입하지 않을 수 있겠는가.

그럼에도 불구하고 그들의 얼굴에 떠오른 경악과 공포보다 더욱 짙게 깔린 감정은 여전한 불신이었다.

지극히 현실적인 성격의 그들이 이런 괴사를 듣고 단번에 믿을 수 있을 턱이 없었다. 그녀의 절절한 표정에 마냥 거짓이라고 치부할 수는 없었지만, 그렇다고 무턱대고 믿을 수도 없는 이야기였다.

그 정도로 그녀의 이야기는 기괴하고 또 공포스러웠다.

"그때 택근이 오빠가 아니었으면 저도 지금 이 자리에 없을 거예요."

장택근이 이야기를 마친 그녀의 어깨를 어루만져 주었다. 가늘게 떨리는 그녀의 여린 육신이 그에게 기대듯이 쓰러져 왔다.

"그래, 이제 다 괜찮아. 알지?"

이야기를 하다 보니 전날의 악몽이 너무도 생생하게 떠오른 탓인지 작은 새처럼 몸을 떨어대던 그녀가 애써 태연한 얼굴로 대답해 왔다.

"오빠만 있으면 돼."

그렇게 말하는 그녀의 창백한 얼굴에 다소 핏기가 돌아왔다. 아무래도 사람의 온기를 느끼니 조금은 안심이 된 기색이다.

"끄응. 이걸 안 믿을 수도 없고 믿을 수도 없고."

추영훈이 앓는 소리를 내뱉었다.

"믿든 안 믿든 제 말은 전부 사실이에요."

윤신애가 지친 목소리로 말했다. 잠깐 사이에 부쩍 수척해진 그녀를 보며 이우혁과 추영훈이 시선을 주고받았다. 상대의 눈에 담긴 불신도 불신이지만 그 한구석에 드러난 의혹과 공포가 강하게 서로를 흔들었다.

"아마존의 저주라……."

이우혁이 까끌까끌한 턱을 매만지며 말하곤 잠시 생각하는 얼굴을 해보였다. 그러더니 잠시 뒤 고개를 갸웃거리며 물어왔다.

"근데 택근 씨가 뭐라고 대체……."

아무래도 다른 이들은 전부 악몽에 시달리다 죽을 뻔한 고비를 넘겼는데 장택근만 유독 멀쩡해 보여 의문이 생긴 모양이다. 게다가 윤신애의 악몽을 끝낸 것이 그러니 평범한 사람의 입장에서는 그가 퇴마사라도 되나 하는 의혹이 들 지경이다.

그간 장택근이 보여준 알 수 없는 카리스마와 위기 대처 능력을 생각하면 그 생각이 마냥 허무맹랑하게만 느껴지지 않아 이우혁은 도리어 입맛이 쓴지 자꾸만 입맛을 다셨다.

그의 질문에 윤신애가 장택근의 얼굴을 힐끔 바라보더니 대답했다.

"오빠는……."

어딘지 모르게 은근한 구석이 있는 그녀의 음성에 이우혁과 추영훈이 저도 모르게 귀를 기울였다.

"숲의 선택을 받았어요."

그녀의 말이 끝나자 추영훈과 이우혁이 표정이 미묘하게 변했다. 그녀의 어조가 하도 특별해서 기대하고 있었더니 막상 들은 대답이 걸작이다.

"숲의 선택?"

심각한 분위기가 단번에 깨져 나가며 추영훈과 이우혁이 서로를 보며 키득거렸다.

"아니, 신애 씨, 다 좋았는데 그건 좀 난센스다. 만화 주인공도 아니고 무슨 선택?"

"그건 좀 아닌 것 같은데? 택근이가 특별한 면이 있긴 하지만 그건 좀 웃기다. 농담이었죠?"

그들이 신나게 입을 놀려대다가 윤신애의 얼굴을 보고는

그대로 입을 다물었다. 그녀의 표정은 자신들의 태도에 기분이 상한 것도 그렇다고 민망해하는 얼굴도 아니었다. 그저 무심하게 눈을 똑바로 하고 자신들을 마주 바라보는데 어쩐지 마주치는 것만으로도 등골이 차갑게 식어 내리고 말았다.

"말했잖아요. 믿든 안 믿든 그건 자유라고요."

강요하지 않는 그녀의 태도와 표정에 그들은 도리어 혼란스러워졌다. 그 순간 장택근이 불쑥 끼어들었다.

"김선영 작가, 우혁이도 알고 영훈이 형도 알죠?"

갑작스러운 그의 말에 추영훈이 조심스러운 얼굴로 고개를 끄덕였다. 오지형 감독이 죽고 얼마 지나지 않아 사망한 김선영 작가의 일은 그들도 잘 알고 있었다.

김선영 작가와도 꽤나 가깝게 지냈던 장택근인지라 연이은 지인의 사망 소식에 한때 무척 힘들어하던 것을 직접 본 그다. 그런데 그가 갑자기 그 이야기를 꺼내 드니 무척 당황한 얼굴이다.

"김 작가님의 죽음에도 아마존이 관련이 있다면 믿으실래요?"

그렇게 말한 장택근이 김선영의 죽음에 얽힌 비사를 이야기해 주었다. 그녀가 아마존의 저주에 대해 조사하고 있었고, 오랜 시간 공들인 끝에 여러 가지 사실을 밝혀낸 사실까지.

"그리고 지금 김 작가님은 이 자리에 올 수 없게 되었죠."

갑작스러운 자살, 사실은 자살이 아닌 타살에 무게가 실리는 현재의 상황까지 이지원과 관련된 것만 빼고 그는 모든 사실을 설명해 주었다.

막상 머릿속으로만 정리하던 상황을 다른 사람들에게 말하다 보니 정말 삼류 공포영화의 시나리오도 이보다는 낫지 싶다. 피라미드의 저주도 아니고 시대에 한참 뒤떨어진 이 B급 공포영화 각본에 그는 저도 모르게 한숨을 내쉬었다.

"과연 이게 다 우연의 일치일까요?"

정말 자신이 한 말이지만 대사도 싸구려 영화의 대사와 다르지 않아 자조적인 미소를 지었다. 지금 뉴스에서는 첨단 로봇이 인간을 대신할 거란 뉴스가 나오는 마당에 이런 비현실적인 이야기라니 21세기에 뒤처져도 너무나 뒤처진 이야기다.

하지만 그럼에도 불구하고 이 모든 이야기는 사실이다. 그점이 그는 가장 끔찍했다. 차라리 질 낮은 망상이라면 좋으련만 오지형의 죽음도, 김선영의 죽음도 모두 현실에서 일어난 일이다.

"그리고 김 작가님이 조사하던 중 한 가지 이상한 점을 발견했어요."

윤신애도 김선영에 얽힌 이야기는 처음 듣는 것이라 눈을 동그랗게 뜨고 그에게 집중했다.

"신애야, 따뚜 기억나지?"

마침 그가 고개를 돌려 그녀를 바라보며 물었다.

"응. 따뚜 없었으면 우린 다 아마존에서 굶어 죽었을 거잖아."

그녀의 말에 장택근이 고개를 끄덕이고는 추영훈과 이우혁에게 시선을 돌렸다.

"따뚜는 아마존에서 우리를 안내한 모아족이란 부족의 안내인입니다. 근데 이 따뚜란 사람이 이제껏 있던 실종자의 길 희생자들의 사건 기록에 전부 등장합니다."

그의 말에 추영훈이 대수롭지 않게 대답했다.

"뭐, 그렇겠지. 거기 사는 사람이니까 다른 사람들이 변을 당할 때 피한 게 아닐까?"

그는 아무래도 따뚜를 단순한 안내인으로 알아들은 모양이었다. 장택근이 자신의 말이 지나치게 함축적이었음을 깨닫고는 보충 설명을 했다.

"사건은 수십 년에 걸쳐 생겼어요. 그런데 우리가 만난 따뚜는 아무리 많게 보아도 20대 중반이었습니다."

이번에도 추영훈과 이우혁은 아무렇지도 않은 얼굴이었다. 오직 윤신애만이 충격으로 눈을 찢어질 듯 부릅뜨고는 불신에 찬 얼굴을 해보였다.

"동명이인은 많잖아. 너무 예민하게 구는 거 아냐?"

과연 그들이 지금 장택근의 이야기를 믿지 못해서 이리 심드렁하게 나오는 것일까. 시큰둥한 표정과는 달리 그들의 이마와 뺨을 타고 식은땀이 흥건하게 흘러내리고 있었다.

"그 따뚜라는 사람이 제게 말했어요."

그들의 얼굴을 보며 한숨을 내쉰 장택근이 다시 윤신애의 얼굴을 똑바로 바라보며 이야기했다.

"숲의 선택을 받았다고."

그 한마디에 충격과 공포로 엉망진창이 되어가던 윤신애의 얼굴이 단번에 안정을 찾았다. 다소 핏기가 없는 얼굴이었지만 방금 전보다는 훨씬 나아진 얼굴을 한 그녀가 다시 한번 그의 품을 파고들었다.

이우혁과 추영훈이 마치 서로의 상처를 보듬어 핥듯이 감싼 두 남녀를 멍하니 바라보았다.

*   *   *

추영훈과 이우혁은 그 뒤로도 한참을 머물다 갔다. 김우영이 걱정되는지 몇 번이나 잠이 든 그를 들여다본 그들이었지만, 워낙에 기괴한 이야기를 들은지라 그대로 남아있기가 어딘가 께름칙한 구석이 있던 모양이다.

도망치듯 그들이 빠져나가고 교대라도 하듯 진재영이 찾아왔다.

"무슨 일이야, 대체? 쟤는 또 왜 저러고 있는데?"

침대를 떡하니 차지하고 잠든 김우영을 본 그녀가 고개를 갸웃거렸다. 그런 그녀에게 장택근이 추영훈과 이우혁에게 들려준 이야기를 다시 한 번 했다.

"일이 이렇게 됐어."

설명이 끝났음에도 그녀는 한참이나 말이 없었다. 하얗게 질린 얼굴을 한 그녀가 말없이 김우영과 윤신애, 그리고 다시 장택근을 쳐다보았다.

"이게 진짜 꿈인지 현실인지……."

이제까지 겪어온 일들이 있다지만 오늘만큼 자신들이 처한 상황이 생생하게 느껴진 적은 없으리라. 사실 그녀가 겪은 일이라고 해봐야 악몽 정도이지 윤신애나 김우영처럼 깨어 있는 동안 무슨 조짐을 보거나 하진 않은 탓이다.

"그보다 그 김 작가가 보낸 메일, 나도 좀 볼 수 있어?"

그녀의 요청에 장택근이 뜨끔한 표정을 지어 보였다. 그녀에게 메일을 그대로 보여주었다가는 마지막 문구, 이지원을 조심하라는 메시지까지 보게 될 것이다. 아직 명확한 것이 아무것도 없는 상황이라 그는 괜한 분란을 만들고 싶지 않았다.

"누나 폰으로 확인되지? 바로 지금 보낼게. 메일 주소 좀 줘."

그의 표정과 말에서 뭔가 수상한 낌새라도 느낀 것일까. 진재영이 눈을 가늘게 뜨고는 물었다.

"그냥 보여주면 되지 뭘 그렇게 복잡하게 해."

"아, 그래도 개인 메일인데 좀 보여주기 불편한 메일도 있고. 이해 좀 해줘."

그렇게 딱 잡아떼니 그녀도 더는 강요하지 못하고 자신의 폰을 꺼내 들었다. 장택근이 그런 그녀의 눈치를 보며 메일을 전송해 주었다.

"흐음. 신애 너도 이리 좀 와봐. 같이 보자."

윤신애가 장택근에게서 떨어져 진재영의 곁에 붙었다.

메일을 확인하는 그녀들의 얼굴이 서서히 딱딱하게 굳어 갔다. 가뜩이나 하얗게 질린 얼굴에 표정마저 사라지니 마치 밀랍 인형의 그것처럼 보일 지경이다.

그렇게 그녀들이 메일을 확인하는 사이 장택근은 다시 한 번 김우영을 들여다보았다. 악몽이라도 꾸는지 신음을 내뱉으며 끙끙거리는 그의 모습에 장택근은 한숨을 내쉬었다.

복잡한 얼굴로 김우영을 살펴보던 그가 막 몸을 돌리려다 그대로 멈춰 섰다.

김우영이 언제 눈을 떴는지 눈을 부릅뜨고 있었다.

"우영아, 일어났어?"

그렇게 그를 불러보았지만 어딘지 모르게 그의 표정이 이상했다. 마치 허공중의 무언가를 노려보듯 찢어져라 부릅뜬 시선이 한곳에 고정된 채 움직이지를 않았다. 그의 시선을 따라가 보았지만 보이는 것이라고는 고급스러운 목재로 만들어진 벽장밖에 없었다.

"우영아?"

장택근이 다시 한 번 불러보았지만 그는 여전히 대답도 않고 허공을 노려보고 있었을 뿐이다. 눈조차 깜박이지 않고 허공에 시선을 고정한 그를 보며 어쩐지 식은땀이 흘러내렸다. 장택근은 김우영과 함께 벽장을 번갈아 바라보다 이내 천천히 옷장을 향해 걸음을 옮겼다.

그가 옷장에 가까워질수록 김우영의 얼굴이 점점 더 일그러졌다. 이를 얼마나 악물었는지 턱 근육이 불뚝 튀어나오고 이 사이로 까득거리는 섬뜩한 소리가 흘러나왔다.

그런 김우영을 힐끔 쳐다본 장택근이 다시 조심스럽게 벽장을 향해 손을 내밀었다. 입술이 바짝 말라왔다. 이 조그만 벽장이 뭐라고 이리 긴장되는지 그가 마치 판도라의 상자라도 여는 듯한 기분으로 문고리를 잡고는 마른침을 삼켰다.

심장이 뛰어댄다. 온몸을 차가운 한기가 쓸고 지나간다. 긴장으로 눈가가 시큰거린다.

그는 숨을 가다듬고는 벽장을 벌컥 열었다. 그리고는 바로 벽장 안의 전등 스위치를 눌렀다.

딸각하는 소리와 함께 벽장에 노란 조명이 들어왔다. 새하얀 목욕 가운 두 벌과 추영훈이 챙겨다 준 옷가지 몇 개, 그리고 그 옆에 거대한 캐리어 하나뿐 별다른 것은 없었다.

괜스레 맥이 빠진 그가 한숨을 내쉬고는 벽장문을 닫았다. 긴장이 풀린 탓인지 머리가 아파왔지만 그는 고개를 한번 털어내는 것으로 두통을 날려 버리고는 몸을 돌렸다.

"아씨! 깜짝이야! 인마!"

그가 기겁하며 소리쳤다. 침대 위에 누워 있던 김우영이 언제 일어났는지 침대 모서리에 걸터앉은 채 그를 바라보고 있었다.

"인마, 좀 정신이 들어? 괜찮아? 내가 누군지 알아보겠어?"

그래도 조금 전과는 달리 다소 평온한 얼굴의 김우영인지라 장택근이 빠르게 물었다.

"어, 형. 머리 울려. 그만 좀 해."

마음이 급하니 행동에 여유가 없어졌다. 자신도 모르는 사이에 김우영의 어깨를 잡고 흔들어대던 그가 스스로의 모습을 깨닫고는 사과했다. 그의 사과에 김우영이 고개를 끄덕이곤 주변을 둘러보았다.

"근데 여긴 어디야? 내가 왜 여기에 있어?"

그의 말에 장택근이 간략한 상황을 설명해 주니 그가 어리둥절한 표정을 지어 보였다.

"내가? 내가 그랬다고?"

눈을 동그랗게 뜨고는 반문하는 그의 모습이 기억상실에라도 걸린 듯했다. 황당해진 장택근이 다시 한 번 설명을 해보았지만 그는 여전히 금시초문이라는 얼굴이다.

"끄응. 기억 하나도 안 나는데."

이래서야 아무것도 못 물어볼 상황이다. 그가 정신을 잃기 전에 한 말, 이지원이 자꾸만 찾아온다는 말이 신경 쓰여 물으려고 하니 정작 그는 자신이 정신을 잃은 상황 자체를 기억하지 못했다.

"어? 우영이 깼네?"

"재영 누님도 와 있었어요?"

언제 다가왔는지 조금 전까지만 해도 메일을 확인하고 있던 진재영이 방문에 기대서 있다. 장택근이 빠르게 상황을 설명하니 그녀가 한숨을 내쉬었다.

"일시적인 기억 장애야. 택근이 네가 우영이 봤을 때 발작 상태였다고 했지? 스트레스가 과도해서 쇼크 비슷하게 먹었나 봐. 이런 경우가 종종 있어."

그녀의 말에 장택근이 와락 인상을 썼다. 실마리를 잡았다고 생각했는데 정작 열쇠를 쥔 사람이 그 열쇠를 어디에 두었는지 기억하지 못하는 꼴이다.

그런 그의 내심을 읽었는지 진재영이 한마디 덧붙였다.

"걱정 마. 어디 물리적으로 다친 게 아니면 금방 돌아오니까. 일단은 절대 안정이 중요해."

그녀의 말에 장택근이 알았노라 이야기하는데 곁에서 김우영이 배를 움켜잡고는 말했다.

"근데 형, 뭣 좀 먹을 거 없어? 나 엄청 배고픈데."

아닌 게 아니라 정말로 삼 일은 굶은 듯한 얼굴로 눈을 이리저리 굴리는 모습이 정말로 배가 고파 보였다. 한숨을 내쉰 장택근이 대답했다.

"일단 있어봐. 뭐라도 좀 시킬 테니까. 뭐 먹고 싶은 거라도 있어?"

"그냥 아무 거나 빨리 되는 걸로. 이상하게 배가 엄청 고파. 이런 경우는 또 처음이네."

평소 스트레스를 먹는 걸로 푸는 김우영이었지만 그렇다고 식탐이 강한 것은 아니었다. 그런 그가 지금만큼은 눈을 번들거리며 왕성한 식욕을 드러냈다.

5장

김우영

룸서비스로 대충 음식을 주문한 장택근은 잠시 호텔 객실을 나섰다. 기다란 복도를 걷던 그는 엘리베이터 앞에서 잠시 망설이다 저 뒤로 보이는 굳게 닫힌 자신의 방문을 바라보았다.

아무래도 멀리 가기에는 왠지 불안했다.

김우영은 말할 것도 없고 윤신애와 진재영도 불안했다. 언제 김우영에게 닥친 일이 그녀들에게 닥쳐도 이상할 게 없는 상황이다.

결국 그는 엘리베이터 곁에 있는 비상계단으로 향했다. 계단의 위와 아래를 살펴본 그는 아무도 없는 것을 확인하곤 전화기를 꺼내 들었다.

"민식 형님, 접니다."

이지원의 매니저 김민식이 전화를 받았다.

[어, 그래, 택근 씨. 지원이랑 연락이라도 됐어?]

아직도 어디로 사라졌는지 찾지 못한 이지원이다. 한국과 일본을 번갈아 왔다 갔다 하며 그녀의 행방을 수소문하던 김민식이 애가 닳아 그에게 물었다.

"그게 아니라… 근데 형님, 한국이세요?"

[아, 아냐. 다시 지금 일본 왔어. 이쪽에서 흥신소라고 하던가? 그쪽으로 지금 행방을 알아보는 중이야.]

아직도 실종신고를 하지 않은 모양이다. 워낙에 스케줄이 많던 그녀인지라 갑작스러운 잠적에 타격이 클 수밖에 없었다. 그런 손실을 만회하기 위해 그녀의 기획사에서 공식적으로 내놓은 핑계가 과로로 인한 휴식이었다.

그간 십수 년을 활동해 오며 단 한 번도 스케줄을 펑크 낸 적 없이 꾸준히 얼굴을 비춰온 그녀인지라 대부분의 사람이 그 사정을 이해했다. 아무래도 피로가 쌓일 대로 쌓인 모양이라 지레짐작한 업체와 사람들이 드물게 양보를 했다.

"아직도 신고 안 했군요?"

[이제 진짜 며칠밖에 시간이 없어. 못 찾으면 공식적으로

실종 사실을 발표하고 경찰에 협조를 구하는 수밖에.]

아무래도 사람보다 손익계산을 우선하는 기획사의 조치에 대해 질책이라고 느낀 모양인지 그가 변명처럼 말했다. 장택근은 그의 말에 다시 물었다.

"형님, 근데 진짜 지원이 일본에 있는 거 맞아요?"

[몰라. 입국 기록은 없어.]

그의 말에 장택근이 한숨을 내쉬었다.

[왜? 왜? 지원이 봤어? 아님 연락이라도 왔어?]

그의 말에서 뭔가 수상한 낌새라도 느낀 모양인지 김민식이 마구 닦달을 했다. 김민식의 애가 닳는 심정을 알면서도 한참을 뜸을 들인 장택근은 한참을 망설이다 이야기를 꺼냈다.

"그게 일이 좀 복잡하게 됐는데……."

[어, 근데?]

"저는 아니고 누가 지원이를 봤다는 사람이 있어요."

[한국에서?]

"네."

그의 말에 김민식이 한참을 말이 없다가 물었다.

[이 기집애가 밀입국이라도 했나. 진짜 미치겠네. 그래서 지금 지원이 어디 있는데?]

화가 난 것인지 걱정이 되는 것인지 애매한 음성이다. 장택근이 인상을 찡그리며 대꾸했다.

"몰라요. 그게 지원이 봤다는 사람도 지금 상태가 영 안 좋아서 물어볼 상황이 아니에요. 근데 아마 모를 거예요. 그냥 봤을 뿐이라니까."

[알았어. 내가 바로 한국으로 넘어갈게. 어디로 가면 돼?]

"고려호텔 2501호요."

[거긴 또 왜 갔어? 알았어. 머리 복잡하니까 나머진 가서 듣자고.]

그렇게 통화를 마친 장택근은 차가운 벽에 몸을 기대고는 허물어지듯 주저앉았다. 하루 종일 이상한 일만 벌어지니 이제는 자신이 현실 속에 있는 것인지 꿈속에 있는 것인지 구분이 모호해질 지경이다.

그나마 등을 타고 흐르는 선명한 냉기가 현실임을 일깨워 줬다. 한숨을 내쉰 그는 다시 몸을 일으키고는 객실로 향했다.

객실 문을 열고 들어서니 주문한 음식이 왔는지 향긋한 냄새가 풍겨왔다. 그러고 보니 자신도 아직 식사를 하지 못했다. 그 사실을 깨달은 그는 갑작스러운 허기를 느끼고는 거실로 향했다.

"어, 왔어? 형도 빨리 먹어."

김우영이 그를 보고는 손짓하는데 입가에 잔뜩 음식을 머금고 하는 말이라 한마디 할 때마다 밥알이 튀고 음식물이 튀어나왔다.

"에이, 드럽게! 진짜 좀 깔끔하게 못 먹겠니?"

진재영이 기겁하며 핀잔을 주지만, 김우영은 헹 하고 코웃음을 쳐댈 뿐 먹는 것도 말하는 것도 포기하지 않았다.

"여기 음식 진짜 맛있어! 형 안 먹으면 내가 다 먹는다!"

"아오! 이 진상 같은 놈!"

옆에서 소리를 지르거나 말거나 신나서 떠들어대는 모습이 과연 오늘 그가 본 김우영이 맞는지 의문이 갈 지경이다.

이건 뭐 평소 이상으로 팔팔한데?

그는 물끄러미 김우영을 바라보다 고개를 갸웃거렸다.

*   *   *

김우영은 태연했다. 전날의 발작이 무색하게 자는 모습마저 평화로워 보이는 것이 한편에서 끙끙대며 앓는 소리를 내며 몸서리를 치는 윤신애와 진재영과는 또 달랐다.

장택근은 묘한 얼굴로 김우영을 바라보았다.

악몽을 꾸지 않는다. 식사량이 폭증했다.

단 두 가지 사실만으로 왠지 모르게 김우영의 지금 상태가 께름칙하게 느껴졌다. 이래서야 마치 이지원과 같지 않은가.

하지만 그렇다고 해서 김우영을 홀로 내보내기에는 너무나 많은 것이 걸리는 상황이다.

결국 이러지도 저러지도 못한 채 뜬눈으로 밤을 지새웠다.

새벽이 되자 좀비처럼 부스스 일어나 부리나케 나갈 채비를 하고 뛰쳐나가는 윤신애와 진재영을 배웅한 장택근은 자신 역시 나갈 준비를 했다.

전날 오기로 한 김민식이 비행기 티켓을 구하지 못해 이제야 겨우 입국한 탓이다. 방으로 불러들이는 것이 대화를 나누기에는 가장 좋겠지만 아무래도 김우영이 신경 쓰였다.

객실을 나서기 전에 마지막으로 바라본 김우영은 세상모르고 침까지 질질 흘려대며 자고 있었다. 그 천진난만한 모습을 물끄러미 바라보던 장택근이 문을 닫았다.

무방비하게 잠이 들어 있던 김우영의 얼굴이 순간적으로 싸늘하게 바뀌었다. 지독스러울 정도로 무표정한 얼굴을 한 그가 슬며시 눈을 뜨는데 눈빛이 어딘지 모르게 섬뜩했다.

김우영이 장택근이 사라진 문 너머를 잠시 바라보다 몸을 일으켰다.

*　　*　　*

장택근이 호텔 커피숍에 들어서자 사람들이 웅성거리기

시작했다. 선글라스에 야구 모자를 썼지만 요 근래 들어서 영화 〈심장이 뛴다〉의 홍보 영상과 여러 가지 기사 탓에 하루가 멀다 하고 포털사이트의 메인에 오르락내리락하는 그인지라 정체를 숨기기란 쉽지 않은 일이었다.

사람들의 수군거림을 무시한 그가 애써 태연한 표정으로 김민식을 찾았다. 마침 사람들이 소란스러워지자 고개를 두리번거리던 김민식이 그와 눈이 마주치고는 손짓했다.

"형, 오랜만이에요."

그간 이지원이 실종되고 나서 몇 번이나 통화를 했지만, 이렇게 얼굴을 보는 것은 또 오랜만이라 장택근이 반가운 얼굴을 해보였다. 김민식 역시 미소로 그를 반겨주었다.

"그래, 진짜 오랜만이다. 이제는 배우 포스가 좔좔 흐르른게 진짜 톱스타 됐네."

처음 그를 만났을 때만 해도 멋모르는 신인배우에 불과했다. 이지원이 조금 과하게 신경을 써준다 했지만 곧 신인답지 않은 연기 몰입도를 보고 김민식 역시 그의 가능성을 깨달았다. 회사 측에서도 공을 들여 함께해 나가기로 했건만 상황이 꼬여 버리는 바람에 지금은 이렇게 얼굴을 보게 되었다.

반가움도 잠시, 복잡한 심사를 그대로 드러낸 그의 얼굴에 장택근 역시 오늘의 자리가 어떤 자리인지를 깨닫고는 얼굴이 굳었다.

"끄응. 이래선 이야기하는 게 무리겠지?"

김민식이 은근슬쩍 자신들에게 촉각을 곤두세운 커피숍의 손님들을 보며 어깨를 으쓱해 보였다.

"네, 그냥 차로 가죠. 차가 편하겠어요."

"택근 씨, 여기서 지낸다며. 방으로 가도 괜찮지 않아?"

김민식이 그렇게 물어오자 장택근은 고개를 저으며 곤란한 표정을 해보였다.

"그게… 손님이 있어서…….

*   *   *

"이 차도 오랜만이네요."

오랜만에 타보는 이지원의 흰색 밴이다. 예전에는 그렇게 신세를 지고 다녔는데 자신의 밴과 다를 것 없는 차 안이 낯설게만 느껴졌다.

"그러네. 예전엔 둘이 참 재미있었는데."

잠시 예전의 추억을 떠올리는지 아련한 눈을 해보이는 그를 보며 장택근이 한숨을 내쉬었다.

"배우 인생 정말 별것 없네요. 커피숍 하나 제대로 못 가고."

인기를 얻고 대중의 관심을 모았다. 그런데 이상하게 정상을 향해 달려가면 갈수록 온몸이 꼭 죄이는 게 마치 어딘가에 갇힌 것처럼 갑갑했다.

"초반에 내가 말했지? 배우가 된다는 게 얻는 것만큼이나 잃는 게 많을 수도 있다고."

김민식의 말에 그가 고개를 끄덕였다.

순간적으로 잃은 것이 많은지 얻은 것이 많은지 생각해 보았지만 애초부터 가치를 수치화할 수도 없고 한 가지가 더 많다 적다 판단할 수도 없는 문제였다.

"그보다 어떻게 된 거야?"

추억에 빠져 있는 것도 잠시, 김민식이 바로 본론을 꺼내 들었다. 장택근 역시 그의 질문에 표정을 굳히고는 빠르게 그간의 일을 설명했다.

더불어 다른 이들에게 말하지 못한 이지원에 관련된 이야기까지 해주었다.

김민식이라면 믿을 수 있었다. 그라면 그 어떤 일이 있더라도 이지원의 곁에 있을 것이다. 설혹 이지원이 살인용의자로 몰리더라도 그만큼은 그녀의 편이 되어주리라.

"그래서 지금 김선영 작가의 살해용의자로 지원이가 유력하다는 거야?"

최대한 객관적인 사실만 늘어놓는다고 늘어놓았는데 김민식이 듣기에는 마치 장택근이 그녀에게 살인 혐의가 있다고 말하는 것처럼 들린 모양이다. 대번에 사나운 표정을 지은 그가 날카로운 음성으로 물어왔다.

"경찰의 입장에서는 그럴 수도 있다는 거죠."

"어떻게 택근 씨가 그렇게 말해? 다른 사람도 아니고 택근 씨가!"

그간 이지원의 실종으로 받은 스트레스가 어마어마했던 김민식이다. 10년이 넘도록 그녀의 곁을 지키며 그녀가 울고 웃는 것을 지켜봐 왔는데 지금에 이르러 자꾸만 일이 꼬이기 시작했다.

그의 입장에서는 스트레스가 과도해 터지기 직전이나 다름없었다. 그런 와중에 이지원이 그렇게 죽고 못 살던 장택근, 그것도 실종되기 직전까지 보고 싶다며 상심에 빠져 있던 그녀인데 그가 마치 전혀 모르는 사람에 대해 이야기하듯 하고 있다.

"형, 제가 만약 지원이를 의심했다면 경찰이 물었을 때 바로 얘기했겠죠. 지금 이 얘기, 형한테 처음으로 하는 거예요."

버럭 화를 내던 김민식은 뒤늦게 장택근의 얼굴에 떠오른 고뇌를 보고는 입을 다물었다. 그러고 보니 얼굴이 많이 상해 있다. 잠을 제대로 자지 못한 것인지 서글서글하던 눈매는 퀭하게 들어가 있고 뺨 아래로 그림자가 짙게 진 것이 수척하다는 말로는 부족할 지경이다.

"아."

상황이 상황인지라 사과도 못하고 애매한 소리를 내뱉은 그에게 장택근이 다시 이야기했다.

"그리고 김 작가님이 보낸 메일에 지원이를 조심하라는 메시지가 들어 있었어요."

김민식은 머리를 부여잡았다. 모든 정황이 자꾸만 이지원을 살인용의자로 몰아가고 있다. CCTV에 찍힌 그녀의 모습이나 김선영의 마지막 메시지, 거기에 더해 마치 이 모든 정황을 예상한 것과도 같은 잠적 타이밍까지. 객관적으로 보면 이지원이 수상했다.

하지만 근 10년을 보아온 이지원이다. 김민식은 그녀가 누구를 해코지할 위인이 못 된다는 사실을 누구보다 잘 알고 있었다.

김민식의 얼굴을 물끄러미 바라보던 장택근은 내심 안도의 한숨을 내쉬었다.

그래도 다행이다. 한 명이라도 지원이를 믿어주는 사람이 있어서.

연인인 자신조차 그녀를 믿지 못하는 이 께름칙한 상황 속에서 적어도 한 명은 그녀의 편이니 그의 어깨가 가벼워졌다. 스스로의 책임을 다른 이에게 전가한 것일지도 모른다. 하지만 지금 장택근은 갈피를 잡을 수가 없었다.

아마존을 다녀온 이후 이상할 정도로 예리해진 감이 칼처럼 날을 드러낸 상태이다. 그런 그의 감은 계속해서 이지원을 주의하라고 말하고 있었다. 하지만 그럼에도 불구하고 이지원을 믿고 싶은 이중적인 마음이 한편에 있는 모양이다. 그는 지금 김민식을 만난 것이 얼마나 다행인지 모르겠다고 생각했다.

아울러 그는 이지원이 찾아왔다며 발작을 일으키던 김우영의 말을 해주었다.

"뭐, 김우영? 그 새끼가 왜?"

김우영에 대한 평가는 대체로 좋지 않았다. 친해지기 전까지는 건방지고 경우 없는 수많은 반짝 스타들과 다를 게 없는 겉멋만 잔뜩 든 이가 바로 김우영이었다. 방송가의 정보라면 빠삭하게 알고 있을 김민식이 그런 그의 평판을 알지 못할 리가 없었다.

대번에 소리를 버럭 지르며 눈썹을 치켜세우는 것이 김우영의 이야기에 언짢아하는 것이 역력했다.

그리고 실제 그의 짐작대로 김민식은 화가 났다. 가뜩이나 모든 정황이 이지원을 가리키는데 마치 그에 편승하듯 김우영이 지껄여 댔다는 말에 전부터 이어져 오던 그에 대한 편견과 함께 한 번에 쏟아져 나왔다.

"형, 일단 진정해요. 우영이도 자기가 무슨 말을 했는지 기억 못해요. 걔도 지금 정상이 아니라고요."

장택근이 그런 김민식을 달래며 말했다.

"형도 알죠? 아마존을 다녀온 사람들이 다 죽었다는 거. 그리고 그 사람들, 자살하기 직전에 보인 광증이 지금의 우영이랑 꼭 같아요."

그렇게 말한 장택근이 호텔의 비즈니스 센터에서 출력해 온 종이 뭉치를 넘겼다. 김선영 작가가 죽기 전까지 '실종자의 길'에 대해 조사한 내용이 그 안에 모두 담겨 있었다.

"이게 뭔데?"

종이를 받아 든 김민식이 대수롭지 않은 표정으로 자료를 한 장 한 장 읽기 시작했다. 그리고 시간이 갈수록 그의 얼굴에 불신과 께름칙함이 떠올랐다.

"믿기 힘드시겠지만, 그게 지금 우리가 겪고 있는 현실입니다."

장택근이 쓴 입맛을 다시며 나직하게 말했다.

그의 말을 들은 건지 못 들은 건지 김민식은 계속해서 자료를 읽어 내려갔다. 순식간에 그 많은 자료를 다 읽은 그가 결국 참고 있던 신음을 토해냈다.

"이걸 지금 나보러 믿으라는 거야?"

그렇게 말하는 그의 얼굴이 어딘지 모르게 부자연스러웠

다. 충격과 불신이야 장택근도 예상한 모습이지만, 그 사이에 자리를 잡은 미묘한 감정은 그 역시 무엇인지 알 수 없었다.

장택근은 눈을 가늘게 좁혔다. 그의 감이 말하고 있었다. 지금 김민식은 무언가를 숨기고 있다고.

그의 감을 확인이라도 시켜주듯 자료를 다 읽고 난 김민식이 급하게 작별 인사를 했다.

"알았어. 일단 정황은 대충 알았으니까 다시 만나자고. 경찰한테는 함구하는 걸로 하고 나도 나대로 좀 알아보도록 할게."

무언가 서두르는 기색이 역력한 그의 태도에 장택근이 눈을 가늘게 뜨고 그를 바라보다 고개를 끄덕였다.

사람이 마음속에 하늘을 숨기고 산을 숨긴다 해도 다른 사람이 보기에는 구름 한 점, 풀뿌리 한 조각 보이지 않는 법이다. 지금 김민식이 무언가 숨기고 있는 건 확실했지만, 지금 당장 알아낼 수 있는 방법은 없었다.

선선히 고개를 끄덕이며 그에게 인사를 한 장택근은 차에서 내렸다. 그가 주차장 너머의 엘리베이터 앞에 서는 것을 본 김민식이 손을 흔들어주었다. 마침 뒤를 돌아본 장택근 역시 김민식을 보고는 마주 손을 흔들어 작별을 고했다.

장택근이 엘리베이터를 타고 사라졌다. 그가 사라진 순간 김민식은 미친 듯이 종이뭉치를 뒤적거리기 시작했다.

그의 눈이 빠르게 글씨를 훑어가다가 희생자들의 목록을 보고는 잠시 멈칫했다.

'나 잠깐 오 감독님 좀 보고 가야겠어. 연락이 안 되네.'

'나 오늘은 스케줄 좀 비워줄래? 어디 좀 다녀와야 해서.'

가물가물한 기억 너머에서 시커먼 오물 덩어리라도 발견한 기분이다. 악귀처럼 얼굴을 일그러뜨린 그가 다시 종이 뭉치를 넘기다 아마존의 저주에서 살아남은 단 한 명의 생존자를 가리키는 대목에서 멈췄다.

'이와이 슌지.'

이지원이 일본에 갔을 때 몇 번이나 졸라대는 바람에 통역을 붙여준 적이 있다. 용건이 하도 궁금해서 물어보았지만 대답을 해주지 않아 통역사에게 따로 물어보았다.

그때 그가 들은 이름이 이와이 슌지였다.

일본의 모 연예인과 같은 이름이라 지금도 선명하게 기억하고 있다. 왠지 모르게 가슴이 갑갑해져 그는 눈을 질끈 감았다.

그 순간 누군가 차창을 두들겼다. 갑작스러운 소리에 그가 깜짝 놀라 눈을 떴다.

"어, 왜 여기에……."

창문 밖에서 자신을 바라보는 장택근의 모습에 김민식이 놀란 가슴을 쓸어내렸다.

"왜 다시 왔어?"

손에 쥔 자료를 슬쩍 한쪽으로 치우며 그가 그렇게 물으니 장택근이 물끄러미 그를 바라보았다.

"아무래도 좀 신경 쓰이는 게 있어서요."

그렇게 말한 장택근이 조수석의 문을 벌컥 열고 올라탔다.

"형, 저한테 숨기는 거 있죠?"

아무래도 그냥 넘어가자니 신경이 쓰였다. 김민식이 그의 말에 뜨끔한 얼굴을 해보이더니 이내 시치미를 떼었다.

"아, 아냐. 숨기기는 뭘 숨겨."

"근데 얼굴이 왜 그래요?"

장택근의 말투가 자못 공격적이다. 김민식이 애써 태연한 얼굴로 대꾸했다.

"일이 하도 황당하게 흘러가니까 그렇지 내가 뭘?"

하지만 여전히 눈을 가늘게 뜬 채로 자신을 살펴보는 장택근은 의심을 거두지 않은 기색이다.

"형, 이번 일 진짜 심각한 거 알죠? 당장 믿을 사람은 형하고 저밖에 없다고요. 우리 아니면 지원이 보호해 줄 사람이 없어요."

그가 날카로운 눈빛을 번뜩이며 말했다.

"우리 둘은 서로 숨기지 말자고요."

장택근의 은근한 말에도 김민식은 여전히 영문을 모르겠

다는 표정을 지어 보였다. 하지만 연기 판에서 잔뼈가 굵은 장택근을 속이기에는 역부족인지 그는 여전한 얼굴로 자신을 바라보고 있다.

"하여튼 나중에 가서 후회할 일 만들지 말고 생각 바뀌면 바로 전화 줘요."

그렇게 말한 장택근이 차에서 내리더니 그대로 사라졌다. 이번에는 장택근이 정말로 간 것인지 한참이나 그가 사라진 방향을 바라보던 김민식이 뒤늦게 한숨을 내쉬었다.

"무슨 사람이 기척도 없이……."

＊　　　＊　　　＊

엘리베이터에 올라탄 장택근은 아무리 생각해도 김민식의 태도가 찜찜했다. 이대로 돌아가기에는 무언가 석연치 않은 점이 있어 냉큼 엘리베이터에서 내려 계단으로 뛰어 내려가니 아니나 다를까, 김민식이 귀신이라도 본 듯한 얼굴로 자신이 준 자료를 읽고 있었다.

이따금씩 생각에 잠겼다가 고개를 털어내는 그의 모습을 보며 장택근은 확신했다.

무언가 있다. 얘기할 수 없는 무언가가.

무슨 일이 벌어지더라도 이지원의 곁을 지켜줄 거라 확신

하는 김민식이니만큼 그가 숨기는 것은 그녀를 불리하게 만들 일임이 분명했다.

자신을 보고 소스라치는 그를 다그쳐 보았지만 그는 한눈에 보기에도 어색한 얼굴로 시치미를 뗐다. 역시나 예상대로 완강한 그의 태도에 장택근은 더는 재촉하지 않고 순순히 물러섰다.

지금은 운을 띄운 정도면 충분했다.

객실에 돌아온 장택근은 무언가 위화감을 느꼈다. 자신이 방을 나설 때와는 미묘하게 다른 분위기, 그게 무언가 했더니 인기척이 없었다.

소스라치게 놀란 그가 김우영이 있던 침실을 향해 뛰어들어갔다.

없다.

흐트러진 시트만이 덩그러니 남은 침대를 보며 그가 침음을 내뱉었다. 화장실이라도 갔나 해서 김우영을 불러보았지만 대답은 들려오지 않았다. 미친 사람처럼 그리 넓지 않은 룸을 뛰어다녔다.

하지만 김우영은 보이지 않았다. 마치 처음부터 존재하지 않았다는 듯이 감쪽같이 사라진 그의 흔적 아닌 흔적을 보며 그는 휴대폰을 꺼내 들었다.

[지금은 고객이 전화를 받을 수 없어 소리샘으로 연결되오

니 삐 소리가 난 후…….]

휴대폰 역시 꺼져 있다.

자꾸만 불길한 상상이 드는 것을 꾹 눌러 참았지만 관자놀이가 지끈거렸다. 소파에 주저앉아 머리를 꾹꾹 누르며 그는 한숨을 내쉬었다.

*   *   *

"어? 우영 씨가 왜 사무실에 왔어?"

추영훈이 김우영을 보고는 깜짝 놀라 눈을 동그랗게 떴다.

"아, 갑갑해서요. 뭐 어디 아픈 것도 아닌데요, 뭐."

사실 따지고 보면 딱히 어디가 아파서 장택근이 그리 호들갑을 떤 것은 아니었다. 그저 아마존의 저주니 뭐니 뜬구름 잡는 이야기만 잔뜩 듣다 돌아온지라 김우영의 상태가 걱정이었는데 어제보다 훨씬 나은 얼굴의 그를 보니 추영훈은 마음이 놓였다.

"다행이네. 이제 좀 사람 얼굴 같네."

아무리 평소 원수 같은 김우영이어도 미운 정이라도 든 모양이다. 멀쩡한 모습을 보니 이리 마음이 놓이는 것을 보면.

추영훈이 반가운 낯으로 식사는 했느냐고 물으니 그가 고개를 저었다.

"택근 씨가 밥도 안 줘?"

아마존의 저주니 뭐니 소름 끼치는 이야기만 잔뜩 늘어놓더니 정작 환자에게 식사는 안 챙겨준 모양이다. 추영훈이 고개를 절레절레 흔들다가 이내 그에게 식사를 권했다.

"근데 시간이 좀 이른데, 웬일이야?"

음식이 배달 오기까지 시간이 남아 그가 그렇게 물으니 김우영이 웃는 낯으로 말했다.

"그냥 갑갑해서요. 요 근래 게임을 워낙 많이 했더니 진짜 사람 폐인 되는 거 순식간이네요. 한 3일을 잠도 안 자고 밥도 안 먹고 게임만 했나 봐요."

워낙에 전날의 인상이 강렬했던지라 추영훈은 그의 말에 쉬이 납득할 수 없었지만, 이내 고개를 저으며 찜찜함을 털어냈다.

분명 술 먹고 게임하고 며칠 폐인처럼 살았겠지.

멀쩡한 사람도 그렇게 며칠 지내고 나면 쓰러지지 않는 게 이상할 것이다. 자신의 입으로도 식사도 수면도 거른 채 게임만 했다지 않은가.

"끄응. 택근 씨가 얼마나 걱정했는지 알아?"

추영훈이 짐짓 나무라듯 말하니 김우영이 어색하게 웃으며 머리를 긁적였다. 그 모습이 평소의 그와 전혀 다르지 않아 추영훈은 그나마 조금 남아 있던 찜찜함마저 날려 보냈다.

"뭐, 나중에 욕 좀 먹고 말죠."

여전히 속 편한 소리를 해대는 그를 보며 추영훈은 고개를 저었다.

"그보다 형, 갑갑해서 그런데, 어디 뭐 구경 갈 만한 곳 없어요?"

"구경? 뭔 구경? 날도 추운데 그냥 따뜻한 곳이 최고지 어딜 또 나가."

추영훈의 핀잔에도 그는 여전히 같은 말을 반복했다.

"아니, 아니, 그래도 너무 갑갑해서. 어디 촬영장이라도 구경 갈까요?"

"평소에는 감독, 선배들 보기 불편하다고 내내 피해 다니더니 무슨 바람이 불었어?"

그의 말에 김우영이 고개를 저었다.

"그게 집에만 있으니까 꼭 내가 백수처럼 느껴져서 어디 촬영장이라도 가면 좀 그런 기분이 사라질 것 같아서요."

딴에는 맞는 말이었다. 일이 없는 연예인은 사실상 백수나 다름없었다. 따로 사업체를 갖고 있지 않는 이상 외출도 자유롭지 않으니 집구석에서 혼자 시간을 죽이는 수밖에 없었다.

추영훈이 그의 말을 십분 이해한다는 듯한 얼굴로 고개를 끄덕였다.

"알았어. 그럼 밥 먹고 우혁 씨 촬영 있는 데 좀 가보자."

추영훈의 말에 김우영이 고개를 저었다.

"우혁이 형은 좀 그래요. 기왕이면 여자들 많은 곳으로. 헤헤."

실없이 웃는 김우영을 보며 추영훈은 내심 변한 거 하나 없다고 중얼거렸다. 하지만 그 모습이 오히려 평소의 김우영다워 그는 안심이 되었다.

"끄응. 지금 어디 촬영 간 애들이 있나."

화려한 남자 배우진에 비하면 상대적으로 빈약한 NB엔터테인먼트의 여배우 진이다. 이른 시간까지 촬영을 하고 있을 여배우가 있을 리 없었다.

"그럼 우리 신애한테나 가볼까요?"

"신애 씨? 불편해하지 않을까?"

그래도 배우가 바쁘게 이곳저곳 누비며 얼굴 도장을 찍는다는 것만큼은 긍정적으로 생각하는 추영훈인지라 다소 뜬금없는 김우영의 말에도 선선히 대꾸해 주었다.

"에이, 응원 왔다고 하고 촬영장에 음료랑 간식 돌리면 끝장나는 거죠."

그의 말에 추영훈이 고개를 끄덕였다. 실제로 많은 배우가 친분 있는 동료 연기자들의 촬영장을 방문해 그런 식으로 격려를 하고 가는 경우가 있었다.

찾아가는 이는 감독과 다른 배우들에게 얼굴 도장도 찍고 동료는 체면도 서고 촬영장 분위기도 부드러워지니 일석이조다. 김우영이 생각했다고 하기에는 지나치게 건설적인 제안이라 추영훈이 피식 웃었다.

"우영 씨, 진짜 우영 씨 맞아? 뭐가 이렇게 적극적이야? 평소에는 그렇게 등 떠밀어도 안 간다고 용을 쓰더니."

추영훈의 말에 김우영이 미소로 대답했다.

"뭐, 그냥 변덕이죠. 내일부터는 또 평소처럼."

그가 너스레를 떨어댔다. 평소라면 대뜸 면박부터 줬을 추영훈이지만 오늘만큼은 기특한 생각을 하는 그를 보며 마주미소를 지어주었다.

"이거이거, 사람이 갑자기 변하면 죽는다던데."

그의 농담에 김우영이 대답 대신 미소를 보여주었다.

"그럼 밥 먹고 가자고. 배는 채워야지. 나는 일단 이사님한테 오늘 스케줄 대충 보고하고 올게."

그렇게 말한 추영훈이 자리에서 일어나 김인숙 대표의 사무실로 향했다. 그가 사라지고 나자 김우영의 얼굴이 무표정하게 바뀌었다.

방금 전까지 바보 같은 웃음을 짓던 모습이 거짓말인 것처럼 딱딱하게 굳은 그의 얼굴이 마치 도자기 인형을 빚어놓은 듯 무감정하기만 했다.

"허락하셨어. 기왕 가는 거 제대로 준비해서 가래. 신애 씨 스케줄은 내가 알아볼게. 아마 지금쯤 라디오 끝내고 '마인 사냥'에 갔을걸. 일단 정확한 건 연락해 보고 알아보는 걸로."

추영훈이 돌아오며 투덜거리는데 조금 전까지만 해도 딱딱하게 굳어 있던 김우영의 얼굴이 언제 그랬냐는 듯이 활짝 피어 있다.

"이야, 그럼 저도 좀 체면이 살겠네요. 샥스핀이라도 사 들고 갈까요?"

되도 않을 그의 농담에 추영훈이 인상을 찌푸리며 대꾸했다.

"어휴, 우영 씨가 그러니까 자꾸 SNS에서 허세남이란 소리 듣는 거 아냐. 제발 좀 실속 있게 살자. 응?"

"뭐, 남자라면 허세도 조금 있어야죠."

그의 너스레에 추영훈이 못 당하겠다는 듯한 얼굴로 어깨를 으쓱했다.

"그럼 밥 먹고 가죠. 신애한테 연락하지 않고 그냥 깜짝 놀래주는 걸로!"

"스케줄 알아보려면 매니저한테는 말해야 할 텐데?"

추영훈이 휴대폰을 막 꺼내 들다가 고개를 흔들었다. 당장 그녀가 어디에 있는지 알고 찾아낸다는 말인가.

"그럼 매니저한테 말해서 신애한테만 비밀로 하든가요. 아니면 형, 마인사냥 PD 알지 않아요? 그쪽으로 연락해 보시든 가요."

드물게 머리 회전이 잘되는 김우영이다. 추영훈이 그의 말에 엄지를 추켜세웠다.

"오늘따라 유독 별나네. 하긴 그게 더 그림이 좋겠다. 재수 좋으면 촬영 분량도 생길지 모르겠네."

"그렇죠? 그러니까 비밀로 하고 가자고요."

신나서 떠들어대던 김우영이 한마디 덧붙였다.

"아무한테도 말하지 말고요."

*   *   *

김우영이 사라진 객실에 혼자 남은 장택근은 생각에 잠겼다. 자꾸만 김우영에게 받은 그 이질적인 느낌이 머릿속에서 사라지지가 않았다.

무언가 사건이 점점 끝을 향해 달려가는 느낌이 들지만, 여전히 밝혀진 것은 하나도 없고 진실은 저 안개 깊숙한 곳에 숨겨져 있었다.

가만히 생각에 잠겨 있던 그는 문득 생각나는 바가 있어 휴대폰을 꺼내 들었다. 그리고는 김선영 작가가 마지막으로 보낸 메일을 다시 들춰보았다.

마치 신들린 사람처럼 화면을 마구 스크롤시키던 그의 손
가락이 파일의 마지막쯤에 가서 멈추었다.

'정승현, 서울시 강동구 고덕동 시영아파트 21동 405호.'

이제까지 잊고 있던 촬영팀의 막내, 그 역시도 아직 살아
있다.

테이블 위에 올려 있던 야구모자와 선글라스를 챙겨 든 그
는 그대로 객실을 빠져나갔다.

6장

생존자

정승현의 집을 찾는 일은 그다지 어렵지 않았다. 재건축이 결정됐는지 사람 그림자 하나 보이지 않는 주차장이 휑했다. 잔뜩 칠이 벗겨진 아파트의 입구에 선 장택근은 잠시 망설이다 그대로 계단을 올랐다. 요즘에 와서는 어지간한 아파트라면 다 있는 엘리베이터조차 없는 좁고 낡은 계단을 따라 오르다 보니 벌써 402호라 적힌 철제 문 앞이다.

잠시 마른침을 삼킨 그가 벨을 눌렀다.

띵동 하는 맑은 벨소리가 모든 것이 빛바랜 낡은 아파트의 풍경 속에서 유독 선명하게 들려왔다.

저벅저벅.

발소리가 들려왔다. 잔뜩 소리를 죽인 걸음이지만 예민한 장택근의 청각에는 그 어떤 소리보다 크게 들렸다. 문 앞에 선 그가 가만히 귀를 기울이는데 발소리는 들렸지만 여전히 인기척은 없었다.

철제 문 한가운데에 뚫린 조그만 구멍 너머로 인기척이 느껴졌다.

"승현아, 나 택근이 형이야."

최대한 차분한 어조로 그를 불렀지만 여전히 묵묵부답이다.

역시 쉽게 만날 수 있을 거란 생각은 하지 않았다. 윤신애나 김우영의 경우를 보아도 대개 피해자들은 극도의 불안장애를 앓고 있었다. 게다가 하나같이 누군가의 방문에 시달렸다고 하니 그를 반갑게 맞아줄 리 없었다.

그는 필사적으로 문 앞에 서서 머리를 굴렸다.

"진짜 급한 일이야. 이제 너하고 몇 남지 않았어. 시간이 없어."

저도 모르게 간절함이 흘러넘쳤다. 이제 남은 사람이 얼마 남지 않았음을 몇 번이나 말하며 장택근은 계속해서 문 앞에 서서 말했다.

"지원이도 이제 완전히 실종 상태이고 우영이도 사라졌어."

그 어떤 설득의 말도 떠오르지 않았다. 문 앞에 서니 그 굳건한 모습이 꼭 자신의 앞길을 가로막은 무엇처럼 느껴져 그는 되는 대로 입을 놀려댔다.

"이제 이 일 막을 때도 됐어. 오 감독님도 그렇게 되고 남은 건 너하고 나, 그리고 신애와 진재영 선생뿐이야."

여전히 문 너머에선 숨을 잔뜩 죽인 인기척만이 느껴질 뿐 두꺼운 철제문은 꿈쩍도 하지 않았다.

"하다못해 이 일을 조사하던 김 작가도 죽었어. 김 작가님은 이 일의 실마리가 일본에 있다고……."

"김 작가? 그가 누구죠?"

처음으로 문 너머에서 대답이 들려왔다. 잔뜩 갈라지고 쉬어터진 음성은 의외로 또박또박했다.

"김선영 작가라고, 원래 드라마 작간데 아마존에 관련된 일을 조사하다……."

말끝을 흐리는데 철컥거리는 소리가 들려왔다. 대체 잠금 장치가 몇 개나 되어 있는지 둔탁한 금속음이 한참이나 이어지다 문이 빠끔히 열렸다.

"승현아! 괜찮아?"

여전히 문고리에 연결된 체인은 풀리지 않았지만 살짝 열린 문틈 사이로 보인 정승현의 모습이 말이 아니었다. 며칠을 감지 않았는지 떡 진 머리에 푸석푸석한 피부, 그리고 움푹

파인 뺨과 퀭한 눈동자는 거뭇거뭇하게 그림자가 껴 있었다.

쾌활하고 장난기 많던 촬영팀의 막내와 과연 같은 인물인지조차 의문이 들 지경이다.

"그보다 뭐가 어떻게 된 거라고요?"

반가움과 걱정이 잔뜩 섞인 음성으로 안부를 물었지만, 정승현은 바짝 마른 음성으로 제 할 말만 했다.

"김선영 작가라고 있어. 그 사람이 아마존의 비밀을 파헤치다가 꽤나 많은 사실을 알아냈는데, 마지막 데이터를 나한테 보내고 자살했어. 아니, 경찰에선 타살이라고 확정 짓고 조사하는 중이야."

이렇게까지 말을 못 했던가. 두서없는 이야기에 짜증이 치미는 것을 느낀 그가 인상을 찌푸렸다. 하지만 그러면서도 그의 입은 쉬지 않았다.

"봐봐. 여기 나한테 보낸 메일이야. 여기 보이지?"

김선영이 마지막으로 보내준 파일을 휴대폰 화면에 띄운 그가 앞으로 내밀었다. 사람 팔뚝 하나 겨우 지나갈 문틈으로 정승현의 앙상한 팔목이 불쑥 튀어나와 휴대폰을 잡아챘다. 지독스러울 정도로 말라 버린 그 팔목을 보며 그는 저도 모르게 신음을 내뱉었다.

철컥.

달그락거리는 소리와 함께 체인이 풀렸다. 그리고 살짝 열려 있던 문틈이 활짝 벌어졌다.

"들어와요."

장택근이 건네준 휴대폰의 화면에서 눈을 떼지 못한 정승현이 짧게 말했다.

문 안으로 들어서기가 무섭게 그가 삼중, 사중으로 된 잠금 장치를 걸었다. 그 무엇의 침입도 허용치 않겠다는 그의 강박적인 의지가 선명하게 느껴졌다. 현관뿐만이 아니었다. 엉망으로 어질러진 거실 너머에 위치한 베란다는 입구와 똑같은 사이즈의 장롱으로 완전히 틀어 막혀 있었다.

어디 베란다뿐이랴. 창문이란 창문, 외부와 연결된 모든 구멍은 죄다 크고 작은 가구들로 막혀 있었다. 대낮인데도 불구하고 형광등이 전부 켜져 있다 했더니 온 집 안에 볕 하나 들지 않았다.

"너 밥은 먹었어?"

싱크대의 개수대에 잔뜩 쌓인 그릇들을 보니 마지막으로 사용한 지 최소 일주일은 지난 듯 보여 장택근이 걱정스레 물으니 정승현이 턱짓으로 어지러운 거실 한편에 놓인 컵라면 박스를 가리켰다.

"대충 앉아요."

정말로 그 쾌활하던 정승현이 맞기는 할까. 휴대폰에 여전히 시선을 고정한 그의 말투가 건조하기만 하다. 표정 또한 잔뜩 지치고 괴로운 기색이 가득한 것이 그 어디에도 예전의 해맑던 얼굴은 찾아볼 수가 없었다.

윤신애도 김우영도 그랬다.

장택근이 그들을 처음 발견했을 때 그들은 마치 반 시체와도 같은 몰골이었다. 게다가 그중 윤신애는 정말로 죽어가는 와중이었고.

"뭐가 어떻게 돌아가는 거예요?"

장택근이 보여준 파일을 전부 읽었는지 한참 만에 시선을 돌린 정승현이 처음으로 그를 마주 보았다. 잔뜩 지쳐 버린 얼굴이지만 눈빛만큼은 그가 발견한 다른 희생자들과는 다르게 또렷한 정승현을 보며 장택근이 안도의 한숨을 내쉬었다.

그나마 최악은 면한 걸까.

"너는 어디까지 알고 있지?"

"일단 저 말고 촬영팀 식구들 전부 죽은 것까지요."

오 감독을 비롯한 촬영팀 스태프들의 죽음을 말하는 그의 목소리가 마치 다른 사람 이야기라도 하듯 무미건조했다. 자신보다 더욱 가까우면 가까웠을 관계인데도 불구하고 그의 목소리에는 그 어떤 애도조차 느껴지지 않았다.

"차동수도 죽었어. 그리고 이지원과 김우영은 사라졌고."

"이지원과 김우영이 사라졌다고요?"

정승현의 말에 장택근이 그간의 상황을 최대한 추려서 설명해 주었다. 윤신애의 자살 시도로 이야기를 시작한 그가 가장 최근에 김우영이 사라진 이야기까지 해주니 정승현이 다시 물었다.

"근데 형은 왜 김우영을 안 찾아보고?"

그의 말에 쓴웃음을 지은 장택근이 고개를 저었다.

"뭔가가 이상해. 혹시 너도 누군가 찾아오거나 하진 않았어?"

질문에 질문으로 대답하는 기이한 상황이 반복되었지만 둘 중 어느 누구도 그 점을 이상하다 생각하지 않았다. 장택근의 질문에 그가 손가락으로 잠금장치를 가리키며 대답했다.

"있었죠. 그러니 지금 이 꼴 아니겠어요."

의외로 침착한 그의 대답에 장택근이 고개를 끄덕였다.

"내가 보기엔 우영이한테도 뭔가 썬 것 같아. 내가 찾는다고 찾을 방법도 없고."

그의 말이 조금은 억지스러웠다. 하지만 겨우 설득해서 문 안에 들어서는 데까지 성공했는데 이제 와서 막연한 감에 의지해 이곳에 먼저 찾아왔다고 대답할 수도 없는 문제였다.

정승현의 말간 시선은 예전에 알고 있던 그가 아니었다. 마치 자신을 타인 대하듯 탐색하며 전신을 훑어본다. 그의 대답 여부에 따라 당장 대화를 단절하겠다는 의지가 강하게 느껴진 터라 장택근은 두루뭉술하게 말을 얼버무렸다.

"끄응."

그 역시 누군가의 방문에 끊임없이 시달린 터라 장택근의 말에 대충은 납득한 듯한 얼굴이었다.

"그래서 절 찾아온 이유는요?"

한참 만에 그가 꺼낸 질문이란 게 그의 예상과 전혀 달랐다. 마치 이래서야 왜 찾아왔냐고 묻는 듯한 모양새이지 않는가.

"내 생각에는 네가 다음 타깃이지 않을까 해서. 신애나 진재영 선생님은 내가 보호하고 있어. 나윤섭은 구치소에 있으니 내가 어떻게 할 수 있는 게 없고."

말을 하다 보니 오늘따라 참 자신의 말이 설득력 없다고 느낀 장택근이 조금은 신경질적으로 대꾸했다. 달변은 아니었어도 한 번도 자신의 언변에 답답함을 느껴본 적이 없는 그인지라 스스로도 갑갑함이 꽤나 컸다.

그래도 다행이라면 다행인 것이, 정승현 역시 그와 같은 상황에 처해 있는 탓인지 그의 말을 곧잘 알아들었다.

"그런가? 이번에는 역시 내 차례인가?"

그렇게 지껄여 대면서도 두려움보다는 알 수 없는 감정이 더 크게 드러난 그의 얼굴을 보며 장택근이 고개를 갸웃거렸다.

"형, 이것 좀 볼래요?"

그렇게 말한 그가 거실의 한편에 놓여 있는 노트북을 가져왔다.

"뭔데?"

그의 질문에 그는 백 마디 말보다 한 마디 말이 낫다는 듯 폴더 하나를 열고는 파일을 클릭했다.

동영상 파일인지 곧 동영상 플레이어가 화면에 뜨고 영상이 시작되었다.

'과연 열정의 나라답게 공기부터 다르네요. 오우! 저 아가씨 봐. 삼바의 나라답게 쌈박하구만.'

되도 않을 멘트를 지껄여 대며 낄낄거리는 김우영의 모습이 보인다.

'방금 건 편집해.'

방송과 사담을 오가며 제멋대로 멘트를 해대는 김우영. 화면에 가득 잡힌 그 모습에 장택근이 눈을 찢어질 듯이 부릅떴다.

"제가 방송국에서 카피 떠온 거예요. 사고 때문에 방송 취소돼서 편집도 하나도 안 된 원본 영상이에요."

정승현의 말에 장택근이 입을 쩍 벌렸다.

바로 이거다! 바로 이 안에 해답이 있을 것이다!

사실 그가 정승현을 찾아온 이유 역시 그라면 이 영상을 갖고 있지 않을까 해서였다. 스스로 방송국을 뛰쳐나오며 마음대로 영상 기록을 열람할 수 있는 권한도 없었거니와 다른 이를 통해서 알아보았을 때는 해당 영상이 이미 폐기되었다고 들었다.

그래서 반쯤은 포기하고 있던 당시의 촬영 기록인데 정승현이 복사본을 가지고 있었다.

"방송국에서는 아마 폐기했을 거예요. 이 안에 문젯거리가 좀 많아야지요."

미 편집본이라고 하지만 파일의 길이 자체는 원본에 비교할 수 없었다. 중간에 태도를 바꾼 안내인들에게 카메라와 대부분의 테이프를 빼앗긴 탓이다.

그나마 정승현이 보관하고 있던 테이프만이 그의 재치로 이렇게 남아 있을 뿐이다.

원본에 비해 짧다 뿐이지 밀착 기록에 가까운 리얼 다큐멘터리 필름이다. 하나하나 살펴보는 데 꽤나 오랜 시간이 걸릴 게 분명했다.

놓치는 것이 있어서는 안 되었다. 이 안에 어떤 실마리가 있을지 알 수 없었다. 잠시 영상을 정지시킨 그를 보며 정승현이 의아한 얼굴을 해보였다.

"잠깐만."

휴대폰을 꺼내 든 그가 어디론가 전화를 걸었다.

"어, 누나. 난데, 나 조금 늦을 것 같아. 그러니까 신애랑 둘이 먼저 저녁 먹고 쉬고 있어. 어디 가지 말고. 알았지? 알겠어. 그럼 이따가 봐."

진재영에게 조금 늦을 것이라 알린 그가 다시 휴대폰의 통화 버튼을 눌렀다. 장택근은 노트북에 가득 떠오른 김우영의 천진난만한 얼굴을 바라보며 윤신애와의 통화가 연결되기를 기다렸다.

"음, 전화를 안 받네."

윤신애가 전화를 받지 않자 장택근은 가만히 휴대폰을 내려놓았다. 뭔가 가슴속에 불길한 예감이 자꾸만 고개를 쳐들었지만 직업이 직업이니만큼 연락이 닿지 않는 경우가 많은 것이 차라리 일반적이다. 그때마다 조바심을 낸다면 그는 진즉 피가 말라 죽어 있을 것이다.

이번에도 여느 때처럼 촬영으로 바쁜가 생각하고 문자메시지를 남겼다.

"다시 틀까요?"

그가 휴대폰을 호주머니에 집어넣는 것을 본 정승현이 물었다.

"어? 그래."

정승현의 재촉 아닌 재촉에 장택근이 고개를 끄덕였다.

*   *   *

"컷! 잠깐 쉬었다 가겠습니다! 15분만 휴식할게요!"

컷 사인이 떨어지기가 무섭게 윤신애가 한숨을 내쉬었다. 이제는 신인이라고 하기에도 뭐한 경력을 지닌 그녀지만, 예능국의 카메라는 도무지 익숙해지지가 않았다.

카메라의 동선과 렌즈의 방향을 미리 정해놓고 시작하는 영화 촬영과는 다르게 예능 프로그램의 카메라는 언제 자신을 잡을지 알 수가 없었다. 그 때문에 짧지도 않은 촬영을 이어가는 내내 긴장하고 있어야 하니 피로가 더욱 심한 느낌이다. 이제 촬영분의 절반을 간신히 넘겼건만 벌써부터 어깨가 딱딱하게 굳어 목이 뻐근할 지경이다.

"신애 씨는 예능 별로 안 나왔죠?"

국민 MC로 정평이 난 고재성이 그런 그녀의 얼굴을 보고 웃는 낯으로 물었다.

"네, 한 세 번 찍었나?"

촬영 전부터 부드러운 언사와 깔끔한 매너로 출연자들을 편안하게 해주던 그 덕에 그녀가 조금은 편한 얼굴로 대꾸했다.

"너무 그렇게 의식하지 말아요. 그렇게 어깨에 힘주고 촬영하면 끝나고 나서 진짜 힘들거든."

그의 말마따나 벌써부터 어깨가 아파 몇 번이나 어깨를 두들겼는지 모른다. 그녀가 울상을 지었다.

그래도 명색에 여배운데 카메라에 조금이라도 예쁘게 잡히고 싶은 마음은 어쩔 수 없었다. 방만한 자세로 늘어졌다가 방송에 나온 모습을 보고 후회하는 선후배 연기자들을 한두 번 본 것이 아니라 그녀는 그저 이리저리 몸을 비틀며 근육을 풀어냈다.

"조금만 더 고생해요. 몸 풀리면 그때부터는 재미있어지니까."

고재성의 말에 윤신애가 곱게 미소를 지어 보였다. 그사이에 나가온 메이크업 아티스트와 스타일리스트가 그녀의 화장이며 옷매무새를 고쳐준다고 호들갑을 떨었다.

"안 그래도 예쁜데 뭘 자꾸 그렇게 꽃단장을 시켜요."

그가 곁에서 그 모습을 지켜보다 한마디 하니 사람들이 좋다고 깔깔거렸다.

"언니, 내 휴대폰 좀."

그녀의 전속 스타일리스트가 그 말에 바지춤에서 휴대폰을 꺼내 그녀에게 건네주었다.

"아까 전화 오는 것 같던데."

"아, 문자 왔다."

스타일리스트의 말에 그녀가 냉큼 휴대폰의 화면을 이리

저리 두들기더니 활짝 웃었다.

"어휴. 그거 또 택근 씨지?"

이미 윤신애가 장택근을 좋아한다는 사실을 알고 있는 스타일리스트가 그렇게 한숨을 쉬자 윤신애가 함박웃음을 지은 채 고개를 끄덕였다.

"그렇게 좋아? 너 여배우가 자꾸 그렇게 티 내면 값 떨어진다. 다른 여배우들은 고개가 너무 빳빳해서 탈인데 너는 어찌 된 지지배가. 어휴, 말을 말자."

흔히 젊은 세대가 말하는 밀당도 없이 마냥 좋다고 헤살거리는 그녀를 본 스타일리스트가 한숨을 내쉬었다. 그녀가 그러거나 말거나 윤신애는 마냥 좋다고 웃어 보였다.

그렇게 윤신애가 스타일리스트와 시시껄렁한 잡담을 나누고 있는 사이 촬영장이 어수선해졌다.

"어? 저거 우영 씨 아냐?"

스타일리스트의 말에 윤신애가 고개를 돌리니 스튜디오에 들어서며 스태프들에게 음료와 간식거리를 건네는 김우영과 추영훈이 보였다.

"추 실장님도 오셨네?"

이미 몇 번이나 같이 어울린 경험이 있는 스타일리스트가 반가운 얼굴로 그들을 바라보는데 김우영이 똑바로 그녀들이 있는 곳을 향해 다가왔다.

"우영 선배님."

어딘지 모르게 창백한 얼굴의 김우영을 바라보며 윤신애가 고개를 갸웃거렸다. 전날까지만 해도 몹시 상태가 좋지 않던 그가 갑작스레 촬영장에 나타난 것도 이상한데 얼굴이 기이할 정도로 밝아 보였다.

"너는 아직도 선배님이라고 불러? 오빠라고 하라니까."

이지원에게 몇 번이나 혼이 난 적이 있는 윤신애인지라 여전히 딱딱한 호칭을 고수했다. 그녀의 말에 그가 서운하다는 얼굴로 호들갑을 떠는데 옆에 있던 스타일리스트가 핀잔을 주었다.

"어휴, 우영 씨도 포기해요, 이제 그만. 신애가 오빠라고 부르는 사람은 한 사람밖에 없어요."

그녀의 장난스러운 말에 김우영이 짐짓 울상을 지어 보였다.

"크흑. 똑같은 사람인데 누군 되고 누군 안 되고. 더러운 세상."

여전히 호들갑스러운 그의 태도에 스타일리스트가 고개를 절레절레 저었다.

"근데 여기는 어쩐 일이세요?"

윤신애가 눈을 동그랗게 뜨고 물으니 김우영이 과장된 표정으로 대꾸했다.

"우리 신애 촬영하는데 힘내라고 응원 왔지."

그 능글맞은 멘트에 스타일리스트가 헛구역질을 하는 제스처를 취해 보였다. 그래도 몇 번 봤다고 다른 사람들과는 다르게 편견 없이 김우영의 대하는 그녀의 태도에 뒤늦게 다가온 추영훈이 농담을 던졌다.

"처녀가 헛구역질하면 좀 그런데?"

"추 실장님, 그런 말씀 하시면 성희롱으로 고소당하세요."

다소 수위 높은 농담에 스타일리스트가 마주 농담으로 맞받아쳤다.

"15분 더 휴식합니다! 다들 밥도 못 드셨는데 간식이라도 들고 하세요! 김우영 씨가 쏘는 겁니다!"

어차피 촬영이 끝나는 시간은 정해져 있는 프로그램이라 그동안은 전적으로 PD의 재량에 따라 시간 분배가 가능 상황이었다. 만약 스케줄에 쫓기는 드라마 촬영장이었다면 간식이고 뭐고 다들 야유를 보냈을 것이다.

"잘 먹겠습니다!"

"이야, 우영 씨가 사람 됐네!"

하지만 지금은 스케줄에 관한 권한을 전적으로 일임받은 PD가 저리 말하니 다들 신이 나서 김우영이 사온 간식거리를 입에 물고는 외쳐 댔다.

"우리 신애 잘 부탁드린다고 사온 겁니다!"

그 능글맞은 멘트에 몇몇이 짓궂은 야유를 보내기도 했지만, 촬영장의 분위기는 화기애애했다. 뭘 가져다줘도 잘 먹는다는 방송가 사람들 사이에서도 유독 잘 먹기로 소문난 스태프들이라 그런지 촬영장이 금세 먹자판이 되었다.

"신애 씨, 힘들지 않아? 요즘 스케줄 장난 아닌 거 같던데."

추영훈이 매니저다운 질문을 던지자 그녀가 고개를 저었다.

"저야 뭐 힘들 거 있나요. 다른 분들이 저 때문에 잠도 못 자고 밥도 제대로 못 먹으니 문제지."

천진난만한 그녀의 얼굴에 추영훈이 김우영을 힐끔거리며 대꾸했다.

"어휴, 우리 신애 씨는 마음씨도 고와. 우리 배우들은 저런 거 안 배우고 뭐 하는지 몰라."

예전부터 기획사의 속을 썩이기로 유명한 김우영인지라 모든 사람의 시선이 그에게 쏠렸다. 하지만 뻔뻔하기로는 방송가 제일이라고 소문난 그답게 그는 아무렇지도 않은 태도로 사람들의 말을 무시했다.

"그보다 진짜 웬일이에요? 선배님 몸도 안 좋아서 영화 홍보도 못하고 계시잖아요."

윤신애의 말에 김우영이 고개를 끄덕였다.

"홍보 못하니까 이런 걸로 때워야지. 영화하고 상관없이 나라도 살 길 만들어야 하지 않겠어?"

그의 천연덕스러운 말에 사람들이 낄낄대며 웃다가 그 얼굴이 진지하자 뜨악한 얼굴을 해보였다.

"왜? 내가 영화 하나만 찍을 것도……."

"원, 우영 씨는 농담을 해도 무슨……."

멋대로 나불거리는 김우영의 입을 틀어박은 추영훈이 재빨리 상황을 수습했지만, 사람들의 얼굴에는 '뭐 이런 놈이 다 있어?' 하는 기색이 떠오르고 난 뒤였다.

역시나 말 한마디로 천 냥 빚을 지는 김우영다운 행동인지라 추영훈이 한숨을 내쉬었다. 그래도 여기에 PD나 방송국의 스태프들이 없어서 그나마 다행이라면 다행이었다.

멀찌감치 떨어져서 간식을 먹느라 정신이 없는 스태프들을 보며 그가 말했다.

"그럼 이야기들 나누고 있어요. 나는 잠깐 PD님하고 이야기나 좀 하다 올게요."

그렇게 말한 그가 자리를 비우자 김우영이 멀거니 윤신애를 바라보았다.

"어휴, 우리 신애 체하겠다. 우영 씨 뜨거운 마음은 알겠는데, 그렇게 사람 쳐다보면 밥 먹다 체해."

스타일리스트가 넌지시 핀잔을 주었지만 김우영은 고개조차 돌리지 않았다.

"아, 신애야, 네 건 따로 있어."

그러고 보니 다른 이들과는 다르게 윤신애만 음료와 간식이 없었다. 애초부터 간식을 즐기는 그녀도 아닌지라 그냥 그런가 보다 하고 쳐다보고 있는데 김우영이 오른손에 덜렁거리고 있던 봉투를 내밀었다.

"어? 왜 신애만 다른 거야? 우영 씨 진짜 우리 신애 씨한테 흑심 있어요?"

곁에 있던 스타일리스트가 다른 이들과는 때깔부터 다른 샌드위치를 보며 눈을 동그랗게 떴다.

"신애 정도면 뭐 땡큐하죠. 얼굴 예뻐, 맘씨 좋아, 돈도 잘 벌어, 뭐 하나 빠지는 게 있어야지."

김우영의 너스레에 다른 사람들이 두 손 두 발 다 들었다는 얼굴을 해보였다.

"고마워요."

윤신애가 곱게 보조개를 접으며 인사하는데 정작 봉투를 받아 들고는 열어볼 생각을 하지 않았다.

"안 먹어?"

김우영이 그렇게 물으니 그녀가 고개를 저었다.

그렇지 않아도 카메라에 조금이라도 뚱뚱하게 나올까 봐 숨도 제대로 쉬지 못하던 와중이다. 그런데 이런 간식까지 먹고 나면 배가 뽈록하게 카메라에 잡혀도 할 말이 없었다.

"헤헤, 저는 촬영 다 끝나고 먹을게요. 이거 먹으면 배 나와 보여서 안 돼요."

그녀의 말에 곁에 있던 스타일리스트와 메이크업 아티스트가 야유를 보냈다. 가녀린 몸매와 이미지로 남심을 자극하는 그녀가 저리 말하니 배알이 뒤틀린 모양이다.

"진짜 저 뚱뚱해 보일까 봐 제대로 숨도 못 쉬고 있다니까요."

그래도 사온 사람의 성의가 있어 그녀가 변명하는 투로 그렇게 말하니 김우영의 얼굴이 그대로 굳어버렸다.

"에이, 우리 신애가 배가 어디 나왔다고 그래. 그냥 먹어. 어차피 표도 안 나."

그가 다시 한 번 권했지만 윤신애는 정말로 화면에 잡힐 자신의 모습이 신경 쓰이는지 단호하게 고개를 저었다.

"안 돼요. 저 안 그래도 요즘 저녁에 자꾸 뭘 먹어서 배 나왔단 말이에요."

되도 않을 소리였지만 정작 말하는 본인이 저렇게 진지하니 차마 더 뭐라고 할 수가 없었다. 할 말을 잃은 여자들이 괜스레 그녀에게 핀잔을 주는데, 그런 그녀들을 바라보는 김우영의 얼굴이 딱딱하게 굳어 있다.

"그래도 사온 성의가 있는데."

평소라면 윤신애의 성격상 그의 앞에서 먹는 시늉이라도

했을 것이다. 하지만 그녀는 지금 정말로 카메라에 비칠 자신이 신경 쓰여 견디지 못할 지경이었다.

아닌 게 아니라 장택근과 함께 동거 아닌 동거를 하는 동안 먹성 좋은 진재영에게 휩쓸려 과식을 한 것만 해도 몇 번이던가.

원체 풍만한 몸매라 야식을 먹어도 표가 나지 않는 진재영과는 달리 그녀 자신은 워낙에 마른 탓에 조금만 먹어도 배가 뿔록하게 튀어나오는 체질이다. 당연하게도 요 근래에 살짝 튀어나오기 시작한 아랫배가 신경 쓰여 그녀는 완곡하게 거절했다.

"이따가 촬영 끝나고 먹을게요. 진짜 저도 너무 먹고 싶은데 배가 나와서 지금 먹으면 큰일 나요. 가뜩이나 요즘 HD시대라 부담스럽단 말이에요."

애교 섞인 그녀의 푸념에 사람들이 깔깔거리며 웃어대는데, 김우영은 어쩐지 알 수 없는 표정으로 그녀를 바라보고 있었다.

"화나셨어요?"

그 표정이 어쩐지 살벌하게 느껴진 윤신애가 미안한 얼굴로 그렇게 물으니 뒤늦게 김우영이 어색한 미소를 지어 보였다.

"아냐. 이해해. 근데 이거 꼭 먹어야 한다. 내가 너 먹으라고 사온 거니까 다른 사람 주지 말고."

"어머, 진짜 지극 정성이네요. 신애 씨는 좋겠네."

그의 노골적인 말에 곁에 있던 메이크업 아티스트가 호들 갑을 떨어댔다.

"꼭 혼자만 먹어야 해? 알았지?"

＊　　＊　　＊

영상이 다 돌아갔음에도 불구하고 장택근은 눈을 돌릴 수 가 없었다. 그토록 간절하게 실마리를 찾아 헤매었지만 이런 식으로 사건의 열쇠를 발견하게 될 줄은 꿈에도 상상하지 못 했다.

"괜찮아요?"

정승현의 질문에도 그는 아무런 대답도 하지 못했다. 대답 은커녕 노트북의 화면에 고정된 시선이 조금도 움직이지 않 는 것이 마치 넋이 나간 듯했다.

"형!"

그가 석상처럼 굳어 있자 정승현이 결국 버럭 소리를 질렀 다.

"어? 어."

그제야 정신을 차렸는지 얼떨떨한 얼굴로 대답하는 그의

안색이 창백하게 질려 있다.

"이거 복사 좀 해줄 수 있어?"

그가 무언가에 짓눌린 듯한 음성으로 물으니 정승현이 고개를 끄덕이며 대뜸 웹 하드에 파일을 업로드했다.

"아이디하고 패스워드는 문자로 보내드릴게요. 번호 예전이랑 똑같죠?"

자신은 이토록 정신이 없는데 태연하게 지껄여 대는 정승현의 얼굴이 과연 자신이 알던 그가 맞는지 구분이 가지 않을 지경이다. 이미 몇 번이나 영상을 본 탓인지, 아니면 그가 영상에서 발견한 것과 자신이 발견한 것이 완전히 다른 것인지는 알 수 없었다.

"그보다 누가 찾아왔냐고 물었죠?"

파일을 업로드하고는 노트북을 덮은 정승현이 지저분하게 옷가지가 쌓인 소파에 앉으며 입을 열었다.

"찾아왔죠. 당연히."

뭐가 당연하다는 것인지 그의 심드렁한 말투에 장택근이 뒤늦게 정신을 수습하고는 눈을 가늘게 떴다.

"누가 찾아왔어?"

그렇게 묻는 자신의 음성이 바짝 말라 있어 흠칫 놀란 그는 애써 태연한 얼굴을 해보였다. 정승현이 그의 말에 잠시 입구 쪽을 힐끗 쳐다보았다.

"오 감독님이 찾아왔어요."

뜻밖의 말에 장택근은 눈을 동그랗게 떴다. 요 근래에 벌어진 모든 사건이 이지원을 가리키고 있던 탓일까. 그는 저도 모르게 당연히 정승현 역시 이지원의 방문에 시달렸을 거라 생각했다.

"오 감독님이?"

최소한 이지원은 같은 지역에서 살고 있기라도 하지, 오지형 감독이라면 진즉 몇 시간은 걸리는 지방으로 내려간 지 한참이다. 거기서 쭈욱 광증에 시달리다가 명을 달리했으니 최소한 그가 죽기 한참 전부터 정승현은 그의 방문에 시달려 왔다는 뜻이다.

"네, 오 감독님이요. 근데 더 무서운 게 뭔지 알아요?"

소파에서 고개를 쭉 빼낸 정승현이 나직한 음성으로 물었다. 마치 철모르던 시절 불가에 둘러앉아 괴담이라도 지껄이는 듯한 그의 태도에 장택근은 저도 모르게 인상을 찌푸렸다.

"오 감독님이 절 찾아온 건 장례식이 끝난 다음이었어요."

"장례식?"

"네, 오 감독님 장례식이요."

들을수록 가관이다. 이제는 어지간한 일 정도에는 눈썹 하나 까딱하지 않을 자신이 있다고 생각한 그였지만, 정승현의 말은 상식을 넘어섰다.

오지형 감독이 생전에 찾아왔다 해도 믿기지 않을 판인데, 죽고 난 이후에 찾아왔다니 그럼 정승현은 오지형의 유령이라도 만났다는 말인가.

"미치는 줄 알았죠. 화장터에 들어가 재밖에 안 남은 걸 아는데 밤마다 저를 찾아오니 제 기분이 어땠는지 아세요? 진짜 너무 무서워서 죽고 싶을 지경이었다고요."

무서워서 차라리 죽고 싶었다는 사람치고는 말하는 태도가 너무도 태연해 장택근은 그 점이 오히려 섬뜩하게 느껴졌다. 마치 타인의 이야기라도 늘어놓듯이 입을 놀려대는 그의 얼굴에 아무런 감정도 떠올라 있지 않았다.

"죽은 사람이 아무렇지도 않게 찾아와서 태연하게 문을 열어달라고 하는데, 처음에는 미치는 줄 알았어요. 그렇잖아요? 무슨 공포영화도 아니고 세상에 이런 일이 어디 있어요?"

천연덕스럽게 지껄여 대는 그의 얼굴에 장택근이 할 말을 잃고 입을 다물고 있는데 그가 계속해서 말했다.

"그때쯤 해서 인터넷에 아마존의 저주니 뭐니 한창 떠들어 대더라고요. 차동수도 죽었다면서요."

그래도 집에만 처박혀 있는 줄 알았더니 나름대로 정보 수집은 한 모양이다. 그런데 어째 이야기가 아무리 진행되어도 뭔가 시원하게 밝혀지는 것은 없었다.

그저 그를 괴롭히던 이가 이지원이 아니라 오지형이었다

는 사실뿐 그 어떤 실마리도 보이지 않았다. 이래서야 영상을 다시 한 번 보는 것이 차라리 나을 지경이다.

결국 정승현 역시 김선영이 마지막으로 보내준 파일을 다시 읽어보겠다며 다음을 기약하기로 했다. 이상할 정도로 싱겁게 이야기를 마무리 짓는 그를 보며 장택근은 무언가 석연찮은 점을 느꼈지만 정작 이유는 알 수가 없었다.

"아마 또 보게 될 거예요."

그의 인사에 묘한 여운이 담겨 장택근이 뒤를 돌아보았지만, 이미 철컥거리는 소리와 함께 낡은 철제문은 굳게 닫혀 있다.

그렇게 찝찝한 기분을 뒤로하고 호텔로 돌아간 장택근은 제법 늦은 시간임에도 불구하고 진재영과 윤신애가 보이지 않자 의아해졌다.

뒤늦게 휴대폰을 열어보니 부재중 통화와 문자가 한 가득이다.

발신자는 전부 진재영과 추영훈이다. 뭔가 불길한 예감이 머리를 스치고 지나가 급하게 문자함을 열어보니 생각지도 못한 문자가 와 있다.

[신애가 쓰러졌어. 문자 보면 바로 연락 줘.]

[보면 전화 줘. 급한 일이야.]

각기 진재영과 추영훈으로부터 온 문자메시지를 확인한

그는 반사적으로 전화를 걸었다.

"누나, 무슨 말이야? 신애가 쓰러졌다니."

[지금 신애 수술 중이야. 빨리 와. 메시지로 병원 주소 보내 줄 테니까.]

첫마디부터 대뜸 좋지 못한 소식이라 그가 깜짝 놀라 상황을 물어보았다.

[전화로 말하긴 좀 그러니까 일단 와. 와서 얘기하자.]

그 음성에 다급한 기색이 역력해 장택근은 바로 객실을 나섰다. 택시를 잡고 진재영이 보내준 주소를 따라 행선지를 말하니 택시기사가 그의 얼굴에 서린 다급함과 행선지를 보고는 엑셀을 마구 밟아댔다.

"감사합니다. 잔돈은 됐습니다."

그는 오만 원 권을 던져주고는 뒤를 돌아보지 않고 휴대폰을 꺼내 들고 응급실을 향해 달렸다.

"누나, 나 지금 병원이야."

[여기가 어디냐 하면……]

그렇게 그녀의 설명을 따라 달려가니 수술실이었다. 창백한 얼굴의 진재영이 장택근을 보고는 울음을 터뜨렸다.

"누나, 어떻게 된 거야? 갑자기 무슨 수술이야?"

"그게 신애가 오늘 뭘 잘못 먹었는지 갑자기 쓰러졌는데, 아무리 봐도 독극물 반응이라 내가 병원으로 데려왔거든."

아무리 의사가 본업인 그녀라 하더라도 친인의 응급 상황에는 당황할 수밖에 없었던 모양이다. 다소 두서없는 그녀의 설명을 들은 장택근은 입술을 짓씹었다.

"뭘 먹었는데, 대체!"

저도 모르게 버럭 소리를 지르니 그녀가 눈물이 그렁그렁한 얼굴로 더듬더듬 대답했다.

"나도 잘 몰라. 물어볼 정신이 없었어. 그냥 갑자기 정신을 잃어서……."

그녀의 말에 장택근이 이마를 짚었다. 아까부터 뭔가 좋지 못한 일이 생길 것 같은 기분이 들더라니 결국은 일이 터져 버렸다.

"수술은 어떻게… 잘되고 있어?"

"모르겠어. 일단 응급조치는 했거든. 수술도 바로 들어갈 수 있었고."

그래도 그녀가 의사라서 다행이었다. 이런저런 검사와 정황을 얘기하다 자칫 때를 못 맞출 뻔한 것을 그녀가 강력하게 주장해서 바로 위세척을 비롯한 응급조치를 취할 수 있던 모양이다.

"독극물이라니? 대체 이게 무슨 일이야?"

차라리 다른 동료 연기자였으면 모를까, 윤신애는 평소에도 다정하고 사려 깊은 성품으로 만인의 사랑을 받는 배우였다. 그런 그녀에게 누가 억하심정이 있어서 그런 짓을 했을까 싶다.

많이 놀랐을 진재영을 달래주며 장택근은 휴대폰을 꺼내 들었다. 뒤늦게 추영훈의 문자메시지를 떠올린 탓이다. 그의 문자 역시 시급을 다투는 기색이 역력한 것을 윤신애의 소식에 놀라 잊고 있었다.

바로 전화를 하니 신호가 몇 번 울리기도 전에 추영훈이 전화를 받았다.

[어디야, 대체!]

대뜸 소리를 지르는 추영훈의 기색에 담긴 것이 짜증이나 히스테리가 아니라 다급함이라 장택근은 다시 한 번 불길한 예감에 몸서리를 쳤다.

"형, 무슨 일이에요?"

미친 듯이 뛰어대는 심장 탓에 가빠오는 숨을 억누르고 그가 최대한 침착하게 물으니 추영훈이 사정을 설명했다.

[우영 씨 지금 상태가 이상해. 너도 한번 와봐야 할 것 같아.]

"우영이가요? 우영인 또 왜요?"

추영훈의 말에 깜짝 놀란 장택근이 저도 모르게 언성을 높이고 말았다. 진재영이 눈을 동그랗게 뜨고 자신을 바라보자 그가 손짓으로 아무 일도 아니라 하고는 다시 휴대폰 너머에서 들려오는 추영훈의 말에 귀를 기울였다.

[그게 우영 씨가 갑자기 쓰러졌는데 의식을 못 차리고 있어. 병원으로 데려왔는데 일단 특별한 이상은 없다고 하거든? 근데 정신을 못 차리네.]

아예 작정했는지 연달아 터지는 사건에 그는 정신을 차릴 수가 없었다. 잠깐 자리를 비웠을 뿐인데 윤신애는 수술을 받고 있고 김우영은 의식을 잃었다.

"지금 위독해요?"

당장 윤신애가 수술에 들어가 있으니 신경이 쓰여 김우영의 상태를 물으니 추영훈이 지난번의 얘기가 자꾸만 떠올라 그에게 먼저 전화를 했노라 대답했다.

"아, 그럼 형이 수고 좀 해주세요. 저도 신애가 수술을 받고 있어서."

[수술? 무슨 수술?]

난데없는 수술 소식에 추영훈이 깜짝 놀라며 물어왔다. 장택근이 대강의 상황을 설명해 주자 휴대폰 너머에서 침음이 새어 나왔다.

[독극물? 뭘 잘못 먹은 것 같다고?]

"네, 재영이 누나가 곁에 있을 때 쓰러진 거라 바로 조치를 취하기는 했는데 일단 수술 결과를 봐야 할 것 같아요."

[미치겠네, 진짜.]

그의 탄식에 장택근이 의아함을 느끼고 이유를 물었다.

[오늘 우영 씨가 신애 씨 응원 간다고 간식 싸 들고 갔거든. 근데 신애 씨 하루 종일 우영 씨가 준 간식밖에 못 먹었을 텐데 하필 일이 그렇게 되냐.]

추영훈의 설명을 들은 장택근은 온몸에 소름이 돋았다. 이상할 정도로 위화감이 들던 김우영의 모습을 떠올린 그는 저도 모르게 윤신애가 수술 중일 수술실 너머를 바라보았다.

[잘못하면 꼼짝없이 우영 씨가 뒤집어쓰겠네. 그래서 수술 결과는 어떨 거 같아?]

아무리 윤신애와 친하게 지냈어도 소속 배우에 대한 걱정이 먼저인 것은 당연한 모양인지 평소에는 원수 같다 말하면서도 추영훈이 김우영을 걱정했다.

"일단은 더 지켜봐야 알 것 같아요. 일단은 형이 수고 좀 해주세요. 저도 신애 나오는 거 보고 바로 그쪽으로 갈게요."

[알았어. 내가 병원 위치는 알려줄게.]

추영훈 역시 머리가 복잡한지 생각할 시간이 필요한 모양이다. 그의 말에 군말없이 전화를 끊으려는 그를 장택근이 붙잡았다.

"형!"

[어, 왜? 뭐 더 할 말 있어?]

"우영이……."

조심스레 김우영의 이름을 꺼내 든 그가 진재영과 수술실 너머를 한번 바라보고는 억눌린 음성으로 말했다.

"우영이 꼭 지켜봐요."

[당연하지. 우영 씨는 걱정하지 마.]

"형, 그게 아니라……."

호언장담을 하는 추영훈에게 장택근이 또렷한 목소리로 당부했다.

"우영이한테서 한시도 눈 떼지 마세요. 절대로."

7장

저주

다행스럽게 윤신애의 수술은 성공적으로 끝났다. 윤신애가 진재영과 함께 있던 게 천운이었다. 그녀의 응급조치가 적절했고, 병원으로 이송되어 수술에 들어가기까지의 과정이 신속해서 큰일은 막을 수가 있었다.

하지만 그렇다고 해서 윤신애가 멀쩡한 것은 아니었다. 구명 장치를 주렁주렁 매단 채 눈을 감고 있는 그녀를 보고 있는 장택근의 표정이 어두웠다.

병실의 한구석에서 몸을 웅크리고 잠이 든 진재영의 피로한 얼굴과 윤신애를 번갈아 바라보던 그는 길게 한숨을 내쉬었다.

지긋지긋하다. 주변 사람들이 다치는 것도, 이렇게 마음을 졸이는 것도. 어떤 식으로든 결착을 내어야 할 때였다.

가만히 생각에 잠겨 있던 그가 윤신애의 머리를 쓸어 올려 주고 손등을 어루만져 주었다. 이제는 희미해진 손목의 상흔, 자해의 흔적이 그의 눈에 유독 선명하게 들어왔다.

그리고 그 상처를 보며 그는 결심했다.

사실 해답은 멀리 있지 않았다. 그간 바쁘다는 핑계와 이런 저런 이유를 대며 외면해 온 것일지도 모른다. 어쩌면 현실과 마주하는 것이 두려운 탓일지도 몰랐다.

이와이 슌지.

김선영 작가가 남긴 자료에 적힌 유일한 생존자. 그와 만나야 할 때가 왔다.

오랜 시간 돌고 돌아 마침내 현실과 마주할 각오를 한 그가 조용히 병실을 나섰다.

그리고 그는 또 다른 병실을 찾아갔다. 윤신애와 그리 다르게 없어 보이는 모습의 김우영. 그의 곁에서 자리를 지키고 있던 추영훈이 졸린 눈을 비비며 그를 맞아주었다.

"왔어?"

잔뜩 잠긴 목소리에 장택근이 고개를 끄덕여 주고는 김우영을 바라보았다.

몇 차례 발작이 있던 탓에 진정제를 투여받고 깊이 잠들었다는 그의 얼굴이 마치 시체처럼 창백했다.

"형, 저 영화 시사회가 얼마나 남았죠?"

가만히 그를 바라보다 장택근이 물으니 추영훈이 떨떠름한 얼굴로 이제 일주일 남았노라 대답했다.

"형, 저 일본 좀 다녀올게요."

뜬금없는 그의 말에 추영훈이 눈을 동그랗게 떴다.

"누구 만나볼 사람이 있어요."

"지금 같은 시기에 어디를 가!"

역시나 추영훈은 그의 말에 대뜸 신경질을 부렸다. 김우영의 상태가 좋지 않은데다 하필이면 윤신애가 독극물로 추정되는 무언가를 먹고 수술까지 했다. 회사 분위기가 좋을 리 없었다.

당장 독극물 사태를 김우영이 덮어쓸지도 모를 위태로운 상황에서 장택근까지 개인 행동을 하겠다고 하지 매니저의 입장에서는 당연히 말려야 하는 상황이다.

하지만 단호한 장택근의 얼굴을 보니 그는 턱 끝까지 올라온 무수한 말을 도로 삼킬 수밖에 없었다.

이지원이 실종되었고 윤신애가 수술을 했다.

둘 모두 장택근에게는 소중하기만 인연이다. 그런데 자꾸만 이런 일이 벌어지니 그의 입장에서는 가슴속에 커다란 돌덩이가 들어앉은 것처럼 갑갑할 것이다.

아마존의 저주.

그저 허투루 들었을 뿐인데 일이 이 지경까지 오고 보니 마냥 흘려들을 수도 없었다. 마치 무언가에 홀린 것처럼 행동하는 김우영이나 계속해서 벌어지는 사건들이나 상식적으로 생각할 수 없는 일들이다.

이제는 어지간히 현실적이라 자부하는 자신마저 무언가 있다는 사실을 느낄 수 있었다.

"언제쯤 가게?"

결국 한참 만에 나온 한마디가 찬성하는 것도, 그렇다고 말리는 것도 아닌 체념의 말이다.

"신애 정신 차리는 거 보고 바로 갈 거예요."

"그럼 비행기 티켓이랑 숙소랑은 내가 예약해 줄게."

그의 말에 장택근이 미안한 얼굴로 고개를 끄덕였다.

"미안해요. 하필 이럴 때에."

그래도 다행이다. 아직은 주변을 돌아볼 여유는 있는 모양이다. 추영훈은 장택근의 말에 코를 찡긋거리곤 손을 번쩍 들어 그의 등판을 두들겼다.

"됐어. 대신 돌아오는 티켓도 내가 알아서 예약할 테니까 그때까지는 돌아오도록 해."

그렇지 않아도 영화 홍보 활동을 빌미로 여러 프로그램에 나설 수 있는 기회를 날려 버린 장택근이다. 시사회까지 불참하게 되면 앞으로의 연예계 생활에 지대한 영향이 있을 것이다.

"일단 오늘 저녁 티켓 끊고 돌아오는 건 다음 주 금요일로 할게. 토요일이 시사회니까 하루 정도는 일찍 오자."

이번 일로 김인숙 대표에게 엄청 깨지겠지만 추영훈은 애써 뒷일을 생각하지 않으려고 했다. 그동안 말 잘 듣고 속 썩이는 일 없었으니 한 번에 몰아서 정산한다고 생각하고 그에게 시간을 주기로 마음먹었다.

"그리고 신애는 제가 잘 달래놓을게요. 아마 형이 걱정하는 일은 생기지 않을 거예요."

가장 큰 문제가 윤신애가 온종일 먹은 음식이 김우영이 준 샌드위치밖에 없다는 점이다. 그런 와중에 독극물 중독으로 수술을 했으니 일이 새어 나가는 순간 김우영은 용의자나 다름없는 신세가 된다.

그래도 다행스럽게도 희망은 있었다. 장택근의 말이라면 끔찍하게 따르는 윤신애이니만큼 장택근이 중간에서 잘 조율한다면 그가 생각하는 최악의 상황은 벌어지지 않으리라.

"어차피 이번 일, 석연치 않은 점이 많잖아요. 신애도 이해할 겁니다. 우영이가 그런 놈 아니라는 건 저나 신애나 다 잘 알고 있고요."

그렇게 말한 장택근이 멈칫하더니 호주머니에서 전화기를 꺼내 들었다.

"형, 저 가봐야겠어요. 신애 깨어났다네요."

하루 종일 바삐 움직였을 그가 쉬지도 못하고 다시 자리를 뜨는 것을 본 추영훈이 입맛을 다셨다.

"표 구해놓고 바로 전화 줄게. 그리고 당장 필요한 짐은 내가 챙길 테니까 택근 씨는 그냥 몸만 와."

따라가고 싶은 마음이야 굴뚝같다. 하지만 김우영의 상태가 이런 상황에 자리를 비울 수는 없었다. 그는 안타까운 얼굴로 병실을 나서는 장택근을 보았다.

왜일까.

그가 그렇게 자리를 뜨는 모습이 이상할 정도로 선명하게 눈에 남았다. 문을 열고 나서는 뒷모습이 생생하게 머릿속에 박혀들었다.

괜스레 불길한 예감이 든 추영훈은 고개를 흔들며 찜찜한 기분을 털어내 보려 했지만 여전히 기분은 나아지지 않았다.

입술을 질경거리던 그가 휴대폰을 꺼내 들었다. 액정에 표기된 시간이 한참 새벽임에도 불구하고 그는 망설이지 않고 번호를 눌러댔다.

"어, 난데, 새벽에 미안해. 뭐? 술 마시고 있어? 팔자 좋네, 이 새끼. 하여간에 부탁 좀 하나 하자. 너 일본에 아는 사람 있다고 했지?"

혹시라도 김우영이 깨어날까 걱정이 된 그가 휴대폰을 든 반대편 손으로 입가를 가리며 자리를 피했다. 병실 입구 쪽에 서서 벽을 바라보고 소곤소곤 통화하는 그의 등 뒤로 한 쌍의 시선이 향했다.

"오케이. 알았어. 그럼 아침에 바로 연락 줘. 급한 문제니까 해 뜨자마자 바로 처리해 줘야 한다?"

방금 전까지 기절한 것처럼 잠들어 있던 김우영이 한쪽 눈만 뜬 채로 추영훈의 뒷모습을 바라보았다.

"알았어. 내가 나중에 술 한잔 살게. 뭐? 미친놈아, 우리 회사에는 여배우 없어. 알았으니까 이따 다시 통화하고 끊자. 부탁해."

지독스러울 정도로 느릿느릿하게 구른 눈동자가 완전히 그에게 고정되었다가 그가 통화를 마치고 몸을 돌리기가 무섭게 다시 눈꺼풀 속으로 몸을 감췄다.

"일단 안내인은 됐고, 그럼 표나 알아볼까."

떨떠름한 기분을 떨쳐내기 위해서인지 지나칠 정도로 쾌활하게 혼잣말을 지껄여 댄 그가 휴대폰의 액정을 두들겼다.

"음?"

어쩐지 위화감이 든 추영훈이 휴대폰에서 시선을 떼고 김우영을 바라보았다. 방금 전과 같은 모습으로 잠이 든 그를 보며 그는 고개를 갸웃거렸다.

기분 탓인지 병실이 조금 더 어두워진 듯한 기분이다. 아무래도 밝은 액정을 바라보느라 눈이 어둠에 적응을 하지 못하는 모양이라고 생각한 그는 이내 다시 휴대폰의 화면을 노려보기 시작했다.

그가 그렇게 장택근의 일본행 티켓을 구한다고 집중하고 있는데 김우영의 감겨 있던 눈이 다시 뜨였다. 누운 상태에서 가자미처럼 한쪽으로 눈동자가 쏠렸다. 그리고 기이할 정도로 한쪽으로 쏠린 눈동자가 추영훈의 휴대폰 액정을 훔쳐본다.

그런 것도 모르고 추영훈은 티켓 구매하는 데 열중했다. 한두 번 해본 솜씨가 아닌 듯 이내 완전히 예약을 끝낸 그가 기지개를 켰다.

어쩐지 장택근이 다녀간 뒤부터 정신이 없는 기분이다. 시계를 보니 벌써 해가 뜰 시간이 다 되었다.

몸을 이리저리 비틀어대던 그가 김우영에게 시선을 돌렸다.

깊게 잠들어 미동도 없는 김우영의 모습에 추영훈은 슬쩍 몸을 일으켰다.

장택근의 짐이라도 챙겨오려면 지금부터 바쁘게 움직여야 했다. 김우영을 혼자 두지 말라는 그의 말이 떠올랐지만, 진정제를 잔뜩 투여받은 그인데 무슨 일이 있을까 싶다.

금방 다녀오면 되겠지 하고 생각한 그가 조심스레 병실을 빠져나갔다.

그렇게 장택근은 그날 아침 항공편으로 일본으로 향했다.

그리고 여행용 가방 하나와 연락처 하나를 전달해 준 추영훈이 공항에서 그를 배웅하고 다시 병실로 돌아왔을 때 이미 김우영은 사라지고 없었다.

*   *   *

정승현은 온몸을 사시나무처럼 경련해 댔다. 빨갛게 충혈된 눈동자나 틱틱거리며 경련하는 턱의 근육을 따라 침이 흘러내렸다. 완전히 실성한 사람의 얼굴이다.

불과 하루 전 장택근을 초연히 맞던 모습은 온데간데없었다.

그가 몸을 움찔거리며 더욱더 웅크렸다. 이제는 더 이상 물러설 곳도 없는 코너였건만 조금이라도 물러서기 위해 그는 필사적이었다. 완전히 벽에 들러붙은 그가 어눌한 발음으로 말했다.

"시키는 대로… 했잖아. 약속대로… 놔줘."

무얼 시키는 대로 했다는 것일까. 아니, 그 이전에 그는 누구에게 말을 하는 것일까. 어둠이 깔린 방 안에는 그를 제외하고는 그 누구도 존재하지 않았다.

"응? 택근이 형한테 비디오도 줬고 다 했잖아."

마치 술에 취한 것처럼 어눌하기만 한 그의 말에 방 안에 짙게 들러붙은 어둠 한구석이 일렁댔다.

희미한 불빛이 들어오듯 어둠 한구석이 꿈틀거리는데 놀랍게도 아무것도 없는 허공에서 웅성거리는 소리가 들려왔다.

"그래. 어. 그렇게 했다니까."

도대체 무슨 일인가 했더니 저 멀리 정승현의 휴대폰이 나뒹굴고 있었다. 어둠이 꿈틀거리던 것은 휴대폰 액정 불빛 탓인 모양이다.

스피커폰으로 설정된 휴대폰을 통해 또다시 알아듣기 힘든 웅성거림이 들려왔다.

아이의 음성인지 노인의 음성인지, 아니면 여자인지 남자인지조차 구분할 수 없는 기이한 웅성거림이 도대체가 무슨 말인지 알아들을 수가 없었다. 아니, 정말 사람이 말하는 소리가 맞긴 한지조차 애매했다.

그런데 정승현은 용케도 그 말을 전부 알아들은 모양이다.

"어. 그러니까 이제 제발……."

이제는 울먹임이 섞여 버려 가뜩이나 어눌하던 그의 발음이 도저히 알아들을 수 없게 되었다. 그리고 끝에 가서는 언어라는 틀을 벗어난 그의 흐느낌이 마치 상처 입은 짐승이 신음하는 소리 같았다.

"아흐으으으……."

휴대폰이 마치 귀신이라도 되는 듯 정승현이 또다시 몸을 꿈틀거리며 몸을 물렸다. 한 치도 더 물러설 수 없는 코너임에도 불구하고 그는 필사적으로 방바닥을 긁고 벽에 몸을 비벼댔다.

부러지고 떨어져 나간 손톱이 엉망진창으로 방을 더럽힌다. 손톱에서 흘러나온 새빨간 액체가 이리저리 그어지는 줄도 모르고 그는 온몸을 버둥거렸다.

그리고 그의 버둥거림이 심해질수록 스피커폰 너머에서 들려오는 웅성거림 역시 점점 소리가 높아졌다.

처음에는 마치 여러 명의 웅성거림 같기만 하던 소리가 조금씩 높아지더니 종래에 가서는 단 하나의 소리만이 남아 있다.

그리고 뾰족하게 찢어진 마치 여자의 목소리와도 같은 소리가 여전히 알아들을 수 없는 소리를 지껄여 대는데, 이제까지 미친 사람처럼 몸을 바둥거리던 정승현이 거짓말처럼 움직임을 멈췄다.

"저, 정말? 정말 약속 지킬 거야?"

마치 우는 아이에게 사탕이라도 물려준 것처럼 화색이 떠오른 표정의 변화가 실로 기이했다. 높다란 소리가 그의 말에 마치 대답이라도 하듯 짧게 툭 흘러나왔다.

"그럼 이제 죽여줘."

정승현이 환희에 찬 얼굴로 휴대폰의 액정을 핥을 듯 달라붙었다.

*   *   *

　아마존의 저주에서 살아남은 촬영팀의 마지막 생존자 정승현은 5층 아파트의 베란다에서 몸을 날렸다. 전신의 뼈란 뼈는 완전히 으스러진 그의 사체는 흡사 무언가 두꺼운 로프에라도 감겼다 풀려난 것처럼 온몸에 상처가 그득했다. 으스러진 뼈 역시 고층에서 떨어진 이유라기보다는 무언가의 압박에 의해서 처음부터 그렇게 되어 있던 것처럼 보였다.

　하지만 침입의 흔적이 없고 정신적으로 불안했던 점을 근거로 하여 경찰은 정승현의 사건을 자살로 종결했다.

*   *   *

　"아직도 연락이 안 돼?"

　김인숙 대표의 성난 음성에 추영훈은 몸 둘 바를 몰라 고개를 푹 숙였다.

　"네, 현지 안내인한테도 연락해 봤는데 그쪽도 백방으로 수소문하고는 있는데 연락이 되지 않는 모양입니다."

　하지만 지은 죄가 있으니 마냥 입을 다물고 있을 수도 없어 상황을 보고하니 대번에 김인숙 대표의 눈썹이 치켜 올라갔다.

　"그걸 지금 말이라고 해? 주력 배우는 시사회 날이 내일모

렌데 연락 두절이야. 그리고 하나는 병원에 얌전히 누워 있다가 실종이야. 어떻게 된 게 제대로 굴러가는 게 하나도 없어? 추 실장 믿고 맡겼는데 회사 꼴이 이 꼴이 난 지금도 내가 믿어야 돼?"

그녀의 번들거리는 시선에 추영훈은 고개를 숙이며 죄송하다 말했다. 가녀린 여인의 몸이지만 온갖 텃세와 비리를 이겨내고 NB엔터테인먼트를 여기까지 키운 김인숙이다. 그저 유능하고 수완이 좋다는 것만으로는 이룰 수 없는 결실을 이룬 것이다.

모든 사람이 그녀를 입지전적인 인물이라고 엄지손가락을 추켜세우지만 추영훈은 알고 있었다. 그녀가 얼마나 잔인한 사람인지, 또 필요하다면 얼마나 더 잔인해질 수 있는 사람인지 그 누구보다도 잘 알고 있었다.

그동안 경쟁자들이 어떻게 도태되는지를 지켜봐 온 그인지라 지금 이 순간만큼은 눈앞의 여인이 진정으로 두려웠다.

"죄송하다고 말하지 말고 방법을 찾아봐야 할 거 아니야!"

"네, 오늘 저녁에 당장 티켓 끊고 일본으로 가서 수소문해 보도록 하겠습니다."

추영훈이 당장에라도 일본으로 날아갈 것 같은 뉘앙스로 말하자 김인숙이 버럭 역정을 냈다.

"추 실장이 일본 가서 뭘 할 건데? 일본말은 해? 가서 뭐 딱히 별다른 수는 있고?"

사실 답답한 마음에 가만히 있기도 뭐한 상황이라 그리 말했을 뿐 그리고 별수 있을 리가 없었다. 김인숙의 원색적인 비난에 그는 도로 입을 다물고 말았다.

"됐고, 계속해서 연락이나 해봐. 일본 쪽에는 내가 한번 알아볼 테니까."

그녀의 말에 그가 식은땀을 흘렸다. 그녀가 말한 알아본다는 의미가 어떤 것인지 깨달은 탓이다. 음으로 양으로 화려한 인맥을 자랑하는 그녀이니만큼 일본에 아는 사람이 없을 리 없었다.

"이런 쪽에서 전문인 사람이 몇 있으니까."

아마도 그녀의 여태까지의 행동을 떠올려 보면 아마 떳떳한 계통의 사람은 아니리라.

"나가 봐. 혹시 변동 사항 있으면 바로 보고하고. 낮이고 밤이고 없는 거다, 지금부터는."

김인숙 대표의 축객령에 추영훈이 다시 한 번 고개를 숙여 보이고는 사무실을 나섰다. 그가 나서기가 무섭게 이우혁이 다가와 물었다.

"그래서 어떻게 됐어요? 대표님 화 많이 나셨어요?"

화가 많이 났냐고? 그걸 말이라고. 모르긴 해도 이번 일로 인해 장택근을 대하는 김인숙의 태도가 많이 달라질 것이다.

그간은 전폭적인 신뢰를 보여주고 회사의 메인 배우로 대우해 주었지만 앞으로는 그런 인간적인 대우는 기대할 수 없을 것이다.

"머리 아프니까 우혁 씨까지 호들갑 좀 안 떨었으면 좋겠다."

추영훈이 그저 말뿐이 아니었는지 머리를 감싸며 인상을 찌푸렸다. 그 모습이 하도 심각해 보여 이우혁도 더는 말하지 못하고 쭈뼛거리다 사라졌다.

장택근이 일본으로 간 지가 벌써 4일이 지났다. 약속한 귀국 날짜가 바로 오늘 저녁인데 당장 연락이 되지를 않으니 회사가 뒤집어지지 않으면 그게 더욱 이상한 일이었다.

가뜩이나 자신의 재량으로 별다른 결제 없이 그의 일본행을 도운지라 추영훈은 더욱 가슴이 갑갑했다. 어떻게든 시사회 날짜를 맞춰야지 만약 그때까지도 장택근이 돌아오지 못한다면 이번 일의 대가를 치르는 것은 그 하나로 끝나지 않을 것이다.

방금 전만 해도 김인숙 대표의 눈빛은 마치 그를 씹어 먹을 듯하지 않았던가.

"아오, 평생 문제 안 일으키다가 갑자기 왜! 왜! 왜!"

푸념으로 시작한 말이 끝에 가서는 분노로 끝나 버렸다. 돌아오면 가만두지 않겠다고 생각하며 추영훈이 전화기를 들었다.

"어, 재영 씨, 난데, 혹시 택근이 연락 온 거 없어요? 아직? 연락 오면 바로 나한테 말해줘요. 알았죠?"

혹시나 해서 연락을 했지만 역시나 없었다. 방금 전에도 연락했는데 그사이에 별다른 일이 있을 리가 없었다.

머리를 싸맨 추영훈이 여기저기 연락을 돌리고 있는데, 사무실 문이 벌컥 열리며 김인숙이 나왔다.

"어디 나가십니까?"

추영훈이 벌떡 일어나 차렷 자세를 취하며 물으니 그녀가 혀를 찼다.

"추 실장이 일을 그따위로 하니까 나라도 움직여야지."

그녀의 말에 그가 찔끔해서 한발 물러서는데, 그녀가 빠르게 지시를 내렸다.

"일단 김우영은 내버려 둬. 원래부터 상습적인 놈이니까 내버려 두면 언젠가 기어 들어오겠지. 그래도 혹시 몰라서 사람은 풀었으니까 나 없는 동안 연락 오면 적당히 처리해 줘. 이번에 돌아오면 대충 작품 몇 개 돌리고 바로 군대 보내. 사람부터 만들어서 데리고 있어야지 이거야 원 여섯 살배기 애도 아니고."

그녀의 말에 추영훈이 쓴웃음을 지었다. 나름대로 인간적인 매력이 있는 김우영인데 그녀가 저리 말하니 마치 상종 못할 인간처럼 들렸다. 그래도 소속 배우를 말하는 데 저런 모진 말투라니. 변호라도 해주고 싶은 마음은 굴뚝같았지만 지금 입을 잘못 놀렸다가는 자신까지 싸잡히고 만다.

"어디 멀리 가십니까?" 그녀의 말투가 꼭 멀리 어딘가로 가는 사람 같아 추영훈이 화제를 돌릴 겸 해서 물었다.

"일본. 그쪽에도 오랜만에 가서 기름칠도 좀 해야 하고 겸사겸사."

＊　　　＊　　　＊

"왜? 택근이 오빠 아직도 연락 없대?"

휴대폰을 내려놓은 진재영이 한숨을 쉬자 윤신애가 걱정스레 물었다. 그날 독극물 사건 이후로 아직까지 몸이 회복되지 않아 여전히 침상에 누운 채로 시간을 보내야 했다. 심신의 안정을 취해도 모자랄 판에 좋지 못한 소식만 들려오니 그녀의 안색이 도무지 좋아지지를 않았다.

"넌 네 몸이나 신경 써. 누가 누구를 걱정해?"

진재영이 그녀의 깨끗한 이마를 콕콕 찌르며 말했다.

"어떻게 그래. 다른 사람도 아니고 택근이 오빤데."

그녀의 말에 진재영이 한숨을 내쉬었다.

"너도 참 한결같다. 어쩜 그렇게 지극정성이니. 열녀 났네, 열녀 났어. 지원이 대신 네가 챙기게?"

이지원이 사라진 지도 벌써 두 달 가까이 시간이 흘러간지라 무심코 본심이 나와 버렸다. 이미 암묵적으로 서로의 마음을 알고 있었다지만 이렇게 노골적으로 말하니 순식간에 분위기가 굳어버렸다.

"언니……."

윤신애가 하얗게 질린 얼굴로 진재영을 불렀다.

그래, 너는 이런 애였지. 남한테 상처 입히기는커녕 미움받는 것도 무서워하는 착한 아이, 그게 윤신애였지.

그녀의 얼굴을 물끄러미 바라보던 진재영은 자꾸만 검고 음흉한 본심이 흘러나올 것만 같아 입술을 짓씹었다. 아마존을 함께 다녀온 세 여인, 모두 장택근에게 홀려 버렸다. 그중에서 이지원이 먼저 그의 옆자리를 차지했을 뿐 어느 누구도 그를 향한 마음을 포기하지 않았다.

때로는 은근하게, 때로는 노골적으로 그에게 어필해 보았지만 그는 요지부동이었다. 이지원을 향한 감정이 확실한 것인지, 아니면 다른 생각이 있는 것인지 그녀들을 쳐내거나 하진 않았지만 그의 태도는 한결같았다.

오히려 그녀들을 부추긴 것은 이지원이었다. 연인이라는 여자가 남자 주변에 자꾸만 연적들을 두는 것이 이해가 가지 않았지만, 진재영은 그녀의 암묵적인 제안을 거절하지 않았다. 그것은 저 앙큼한 윤신애 역시 마찬가지였다.

그런 이지원이 장택근을 잘 부탁한다며 갑작스레 사라지고 말았다.

어떻게 보면 그녀들의 입장에서는 기회가 아닐 수 없었다. 그래서 아마존의 저주를 핑계 삼아 그의 주변을 맴돌았다. 그가 병원에 입원해 있는 동안 병실에 살림을 차리고, 호텔로 거처를 옮겼을 때 역시 그를 따라갔다.

뭔가 조금이라도 더 붙어 있으면 변화가 생기지 않을까 하는 막연한 기대감 때문이었다. 하지만 장택근은 그녀들을 돌아보지 않았다. 아니, 돌아보기는 했다. 하지만 그 시선에 담긴 것은 보호자의 든든함이지 여인을 대하는 애틋함이 아니었다.

그리고 그는 무언가에 미친 듯이 열중하고 있었다.

아마존의 저주.

그 유치하고도 우스꽝스러운 이름에 홀려 있었다. 그는 미친 사람처럼 저주를 파헤쳤다. 별다른 성과는 없어 보였지만 어느 정도 실체에 접근하고 있는 것만큼은 확실해 보였다.

하지만 진재영은 회의적이었다. 도대체 원인도 과정도 모를 이 끔찍스러운 저주를 도대체가 사람이 무슨 수로 파헤치고 이겨낸다는 말인가. 실체조차 제대로 보이지 않는 적을 향해 이를 보이고 발톱을 세우는 행동이나 다름없었으니 그녀가 보기에는 결실을 이룰 수 없는 행동으로 보였다.

하지만 그럼에도 불구하고 그녀는 그에게 한 가닥 기대를 걸었다. 만약 그마저 해내지 못한다면 어느 누구도 해낼 수 없을 것이다. 그렇다면 그녀도 윤신애도 평생 지긋지긋한 악몽에 시달리며 살아가야 하겠지.

그것만큼은 절대 사양이었다. 밤마다 어딘지도 모를 곳을 헤매는 악몽을 꾸는 것도, 마치 누군가가 자신을 따라다니는 것 같은 기이한 기분에서도 이제는 벗어나고 싶었다.

윤신애를 한번 구원해 주었다니 두 번인들 하지 못할까.

상반된 감정에 그녀는 혼란스러움을 주체할 수 없었지만, 겉으로는 어디까지나 쾌활하면서 믿음직한 맏언니의 모습으로 행세했다.

"뭐, 이 기집애야. 네가 택근이 좋아하는 거 온 세상 사람이 다 알아. 지원이도 알고 택근이도 아는데, 이제 와서 내숭 떨게?"

짐짓 장난스러운 말투였지만 그녀는 잘 알고 있었다. 이 말이 얼마나 윤신애에게 상처가 될지. 천성이 순하고 착해빠진 윤신애는 이지원의 연인이 되어버린 장택근에 대한 감정을 정리하지 못하는 것 자체를 죄스러워했다. 한결같은 태도로 자신을 대해주는 이지원에 대한 배신과 다름없다 느끼는 모양인지 감정이 드러나는 것 자체를 꺼렸다.

"언니……."

금세 눈물이 그렁그렁해져서 우물쭈물하는 그녀를 보고 있자니 진재영은 저열한 희열이 솟구쳤다.

어차피 내가 갖지 못하면 너도 갖지 못해.

남들에게는 한 번도 꺼내 보이지 않은 시커먼 내심을 숨긴 채 그녀가 윤신애를 끌어안았다.

"미안. 언니가 농담이 좀 과했지? 미안해."

부드럽게 머리를 쓸어주며 말하니 윤신애의 표정이 조금은 풀렸다.

"그나저나 택근이는 그렇게 말하고 잠적하면 어쩌자는 거야."

*   *   *

그 시각, 한국의 추영훈이 곤란에 빠진 것도 모르고 장택근은 어둑어둑한 산길을 오르고 있었다. 듬성듬성 배치된 가로등 덕에 한 치 앞도 분간하지 못할 정도로 길이 어두운 것은 아니었지만, 곳곳에 도사린 그림자를 보곤 괜스레 어깨가 움츠러들었다.

하지만 장택근의 걸음걸이는 그런 것 따위는 아랑곳하지 않았다.

적막을 깨고 웅성대는 그림자의 소요도, 이따금씩 들이닥

치는 어둠도 그에게는 중요치 않았다. 그저 앞만 보고 걸음을 옮길 뿐이었다.

일본에 도착한 지 얼마 되지도 않은 것 같은데 벌써 귀국일이 성큼 다가왔다. 시간은 자꾸만 흘러가는데 성과가 없으니 속이 시꺼멓게 타들어갔다. 그러던 와중에 걸려온 한 통의 전화. 그것이 장택근이 이 으슥한 시각에 인적 없는 산길을 걷는 이유다.

그토록 찾아 헤매던 이와이 슈지의 연락에 그는 정신없이 호텔을 뛰쳐나왔다.

이제 코앞이다.

그간 자신과 주변 사람들을 무던히도 괴롭히던 지긋지긋한 저주를 풀어낼 해답이 바로 지척에 있었다.

그렇게 스스로를 다독이며 얼마나 걸었을까.

야트막하게 솟아오른 바위 뒤편으로 인가가 보였다. 드문드문한 가로등 사이에서 유독 밝게만 보이는 낡은 건물을 발견한 그의 걸음이 한층 빨라졌다.

오래된 목재로 지은 산지기의 오두막과도 같은 건물 앞에 다다른 그는 숨을 가다듬었다. 이 문 너머에 있을 저주를 풀 실마리에 가슴이 벅차왔다.

"헬로우."

너무도 긴장한 모양인지 상황과 맞지 않는 궁색한 영어가 튀어나와 버렸다. 하지만 그는 부끄러움을 느낄 새도 없이 문을 두들겼다.

"익스큐즈미!"

그렇게 세 번인가 목제 문을 두들겼을 즈음에 문 너머에서 인기척이 들려왔다. 저벅거리는 발소리에 마른침을 삼킨 그가 문에서 한 걸음 물러나며 옷매무새를 가다듬었다.

끼이익.

낡은 경첩이 삐걱거리는 소리와 함께 문이 열렸다. 그리고 드러나는 얼굴이 낯익었다.

"지원이?"

문을 열고 나타난 이지원의 모습에 장택근이 눈을 부릅떴다. 일본에서 실종되었다고 해서 혹시라도 만날 수 있을까 하는 마음이 없는 것은 아니었지만, 이런저런 사건에 연루된 그녀인지라 크게 기대는 하지 않았다.

게다가 그녀를 마지막으로 본 장소는 일본이 아닌 한국에 위치한 병원이 아니었던가.

너무도 뜻밖의 만남인지라 그가 복잡한 심경을 풀어내지도 못하고 멍하니 서 있는데 이지원이 말했다.

"뭐 해? 안 들어와?"

마치 어제 헤어졌다 다시 만난 것처럼 아무렇지도 않은 그녀의 모습에 그가 얼떨떨한 얼굴로 문 안으로 들어섰다.

끼이이이.

등 뒤로 들려오는 낡은 문소리에 그가 괜스레 흠칫해서 고개를 돌렸다가 이내 실내를 둘러보았다. 낡디낡은 겉모습과는 달리 의외로 깔끔한 실내의 모습이 여느 가정집과 다르지 않았다. 다소 생소한 일본식 세간이 이따금씩 눈에 띄기는 했지만 기본적인 모양새는 크게 다를 바 없었다.

하지만 그럼에도 불구하고 그가 생경함을 느낀 것은 온 사방의 벽에 걸린 기괴한 모양의 장식 탓이었다. 질이 그다지 좋지 않은 나무나 알 수 없는 재질로 만들어진 장식들은 마치 영화 속에서 보아온 집시 점쟁이의 집에서나 볼 법한 것들이었다.

"뭐 해? 계속 서 있을 거야?"

멍하니 서서 눈동자만 굴려대는 그에게 이지원이 자리를 권했다. 지친 기색이 역력하긴 해도 마지막으로 보았을 때보다 어쩐지 편안해 보이는 그녀의 모습에 결국 참고 있던 의문이 터져 나왔다.

"네가 왜 여기 있어? 너 찾는다고 얼마나 사람들이 난리인지 알아?"

김선영의 살인 사건에 연루된 그녀, 그 외에도 얼마나 많은 일에 연루되어 있을지 그는 알 수 없었다. 어쩌면 그녀는 살인자일지도 몰랐다. 하지만 그럼에도 불구하고 그는 그녀의 건강한 모습에 눈시울이 뜨겁게 달아올랐다.

"때 되면 어련히 돌아갈까."

여전히 뻔뻔하고 안하무인인 그녀의 대답이 어찌나 반갑던지 그의 얼굴이 우는 것도 웃는 것도 아닌 기괴한 얼굴이 되었다.

짐짓 아무렇지도 않은 얼굴로 그를 대하고 있던 그녀도 그 얼굴을 보고는 먹먹한 표정이 되었다.

"미안해."

감정 표현이 서툴기만 한 그녀다. 그 한마디에 담겨 있는 수많은 말에 장택근은 미소를 지어 보였다.

"나도 돌아가고 싶었어."

그녀가 느릿느릿한 말투로 말을 이어갔다.

"하지만 그럴 수가 없었어."

미소가 떠올라 있던 그의 얼굴이 일순간이지만 돌처럼 딱딱하게 굳었다. 벅찬 반가움이 사라지고 그 자리를 싸늘한 현실이 차지했다.

김선영이 살해되던 날 마지막에 목격되었던 그녀. 혹시 그녀는 자신이 혐의를 받고 있다는 사실을 눈치채고 귀국을 꺼린 것이 아닐까? 아니면 뭔가 다른 사정이 있는 것일까?

마지막에 본 그녀는 마치 무언가에 씌기라도 한 것 같은 모습이었다. 수많은 생각이 그의 머릿속을 엉클어놓는 가운데 그녀가 떨리는 음성으로 말했다.

"죽고 싶지는 않았거든."

그녀가 창백한 얼굴로 고백하듯 말했다. 장택근은 그 뜬금없는 말에 눈을 동그랗게 뜨고 그녀의 말뜻을 헤아리려 노력했다.

하지만 스스로도 모르는 사이에 그녀에게 두었던 혐의, 수많은 의혹 탓인지 자꾸만 불길한 쪽으로만 상상이 이어졌다.

"익스큐즈미."

그가 혼란스러운 얼굴로 이지원을 바라보고 있는 가운데 낯선 음성이 그들 사이로 끼어들었다.

일본인 특유의 딱딱한 억양을 한 사내의 음성이다. 걸걸한 목소리에 고개를 돌리니 장택근의 눈에 50이나 되었을까 싶은 중년 남자의 모습이 보였다.

그는 직감적으로 깨달았다. 그가 바로 자신을 이 한밤중에 산속을 헤매게 만든 장본인이다. 그리고 아마존의 저주를 피해 살아남은 유일한 생존자 이와이 슌지다.

8장

실종자의 길

장택근이 이와이를 만나고 있을 그 무렵, 일본의 나가사키 공항을 나서는 여인이 있었다. 세련된 정장에 탄탄하고 완숙한 몸매를 한 그녀는 바로 NB엔터테인먼트의 대표이자 놀부영상의 경영자인 김인숙 이사였다.

그녀는 자신을 마중 나온 험상궂은 사내들을 보며 능숙한 일본말로 마주 인사를 했다. 그런 그녀를 사내들이 정중한 태도로 에스코트했다.

그들을 따라 검은색 세단에 올라탄 그녀가 조수석에 앉은 사내를 보며 물었다.

"일이 급한 관계로 실례하겠습니다. 제가 부탁한 건은 어떻게 됐죠?"

다소 딱딱한 그녀의 일본어에 사내가 고개를 돌렸다.

"아, 일단은 조사는 해두었습니다."

그렇게 대답한 사내가 차량의 조수석에 비치된 사이드 데크에서 황색 서류 봉투를 꺼내 그녀에게 건네주었다.

"이번 일 답례는 꼭 하겠습니다. 이치이 대표님께도 꼭 감사하다고 전해주세요."

그렇게 말한 그녀가 용건이 끝났는지 바로 입을 다물었다. 일본인들과는 다르게 그 단도직입적인 태도에 머쓱함을 느꼈는지 사내가 어깨를 으쓱해 보이고는 운전석에 앉은 남자에게 말했다.

"아까 말한 주소로 가."

그의 말에 남자가 고개를 끄덕이고는 불야성처럼 반짝거리는 도심가와는 떨어진 한적한 도로로 차를 몰아 나갔다.

*　　　　*　　　　*

"일단 묻고 싶은 말이 많아도 먼저 이야기를 들어줘."

한때는 일본 드라마 진출까지 생각했단 이야기가 있더니 이지원은 일본어에도 능숙했다. 이와이 슌지와 몇 마디 주고

받은 그녀가 조심스럽게 이야기를 꺼내 드는데 장택근은 그녀와 이와이 슈지의 친근한 모습에 괜스레 화가 났다.

지금 사람이 죽고 사는 심각한 상황에 걸맞지 않은 감정이라는 것을 알고 있지만 화가 나는 건 어쩔 수가 없었다. 이런저런 사건에 휘말려 조금은 멀어졌다고 생각한 그녀이건만 사람 마음이라는 게 그렇게 단순한 것이 아닌 모양이다.

억지로 표정을 가다듬고 그녀의 말을 경청하려 하는데 이와이 슈지의 곁에 자리를 잡고 있던 그녀가 벌떡 일어나더니 그의 곁으로 자리를 옮겼다.

"일단은 이야기부터 들어. 그럼 오빠도 전부 이해가 갈 거야."

침착해 보이는 그녀의 모습이지만 장택근은 그녀가 어떨 때 오빠라는 단어로 자신을 부르는지 알고 있었다. 그녀는 지금 태연한 것이 아니라 태연을 가장하고 있었다.

뒤늦게 그녀의 가녀린 손이 떨리고 있음을 깨달은 그는 표정을 바로 하고 자세를 고쳐 앉았다.

"들을게. 대신 다 듣고 나면 너도 내가 묻는 이야기에 다 대답해 줘."

그의 단호한 한마디에 이지원이 어쩐지 처연한 얼굴을 해 보이더니 고개를 끄덕였다.

"먼저 이와이 슌지 씨는 지난 아마존 탐사팀의 유일한 생존자야. 우리를 제외하고는 그간 실종자의 길에서 사라진 수많은 사람 중에 유일하게 돌아온 사람이지."

장택근은 무거운 얼굴로 고개를 끄덕였다. 이미 김선영이 조사한 자료에 다 나와 있는 사실이다. 궁금한 것이 한두 가지가 아니었지만 그중에서도 가장 그가 의문인 것은 그녀가 대체 그의 존재를 어떻게 알았냐는 것이다.

그녀가 일본으로 향하고 나서야 자신이 그 자료를 받았으니 그녀가 얻은 정보의 출처가 의아했다. 자꾸만 김선영이 살해당한 날 CCTV 카메라에 잡힌 여인의 실루엣이 눈앞에 아른거렸다.

그가 속으로 무슨 생각을 하고 있는지 모르는 이지원이 천천히 이야기를 시작했다.

"음. 정리를 할 필요가 있겠어. 그냥 설명하려니 꽤 힘드네."

그렇게 말한 그녀가 잠시 말을 멈추더니 한참이나 시간이 흐르고 난 뒤 다시 입을 뗐다. 생각의 정리가 끝난 모양인지 방금 전과는 달리 그녀의 말투가 제법 빠르고 간결했다.

"일단 내가 이와이 슌지 씨의 존재를 알게 된 건 김선영 작가 때문이야."

장택근이 눈을 질끈 감았다. 결국 그가 짐작한 모든 일이 사실로 드러나는 순간이었다. 그토록 부정하고 싶은 일이 눈앞에 닥치자 차라리 그는 눈을 감는 것을 선택했다.

그런 그를 보며 이지원이 한숨을 내쉬고는 말했다.

"오빠가 생각하는 그런 일 아니야. 일단 끝까지 내 얘기를 들어줘."

하지만 먼저 이야기를 들어보겠다는 말이 무색하게 장택근은 결국 흉중에 있던 의문을 풀어놓을 수밖에 없었다.

"먼저 하나만 묻자. 이 이야기에 대한 대답을 해주지 않으면 도저히 네 얘기를 믿을 수가 없을 것 같아."

자신의 음성이 소름 끼치도록 냉정하고 메말라 있다. 스스로도 놀라 몸을 움찔거리는데 이지원의 얼굴이 대번에 슬퍼졌다.

"알아. 무얼 물어보려는 건지."

그녀의 얼굴을 보며 자꾸만 마음이 약해지려는 것을 다잡은 그가 다시 입을 열려는데 그녀가 먼저 선수를 쳤다.

"내가 김선영 작가를……."

그녀의 입에서 김선영이란 이름이 나오자 장택근의 심장이 마구 두방망이질 치기 시작했다. 펄떡거리는 심장이 당장에라도 몸 밖으로 튀어나올 것처럼 마구 뛰어댄다.

"죽였냐는 말이 묻고 싶은 거지?"

힘겹게 말을 마친 그녀가 한차례 몸을 떨었다. 그 상처받은 모습에 장택근은 마음 한구석이 통째로 도려 나가는 기분이었지만 애써 당장에라도 말을 주워 담고 싶은 것을 참아냈다.

"나는 김 작가를······."

이지원의 입술이 열리자 그는 전에 없이 그녀의 말에 집중했다.

"죽이지 않았어."

그녀의 말에 장택근은 둔기로 머리를 한 대로 맞은 듯한 기분이 들었다. 그간 외면해 왔지만 내심으론 그녀가 김선영 작가를 죽였다고 확신이라도 한 모양이다. 그녀가 스스로의 입으로 부정했음에도 기쁨보다는 어쩐지 석연치 않음이 먼저 느껴졌다.

이미 김선영 작가와 연루되기도 전부터 의심스러운 점이 한두 가지 아닌 이지원이다. 악몽과 기이한 일들에 시달리는 다른 생존자들과는 달리 아무렇지도 않던 그녀는 희생자의 주변을 배회하다 CCTV 카메라에 찍히기까지 하지 않았는가.

게다가 김선영이 죽기 직전에 보낸 메일에 적혀 있던 섬뜩한 문장,

[ㅇㅈㅣ우넌을 ㅈㅓ심]

어떻게 보아도 이지원을 조심하란 말이다. 그런 그녀가 이제 와서 자신은 김선영을 죽이지 않았다고 하니 아무리 연인

관계라도 쉽사리 믿기가 어려웠다.

그런 그의 내심이 그대로 얼굴에 드러난 탓일까. 이지원의 얼굴이 하얗게 질려 있다. 언제나 거침이 없던 그녀의 입술이 파르르 떨리며 몇 번이나 열렸다 닫히기를 반복했다.

"일단 의심이 가더라도 내 말을 끝까지 들어줘."

당장에라도 사라질 것 같은 얼굴의 그녀가 힘겹게 말을 이어갔다. 그는 그 간절함이 너무도 절실해 보여 저도 모르게 고개를 끄덕이고 말았다.

그녀가 거짓을 말하는지 아닌지는 이야기를 다 들어본 후 판단하겠다고 스스로를 다독인 그가 자세를 바로 했다. 저도 모르는 사이에 그녀의 손에 닿은 자신의 손을 치웠다.

이지원의 표정이 한층 더 슬퍼졌다.

"이야기를 시작하려면 내가 김 작가를 왜 찾아갔는지부터 말해야겠지."

그녀가 그렇게 어렵사리 이야기를 시작한다.

"솔직히 말하면 나도 기억이 나지 않아. 내가 왜 김 작가를 찾아간 건지."

*   *   *

뜻밖의 방문자를 본 김선영이 눈을 동그랗게 떴다.

"지원 씨가 여기는 웬일이야?"

의아한 얼굴로 이지원을 맞이한 김선영이 이내 반색하며 말했다.

"마침 잘 왔어요. 안 그래도 택근 씨한테 물어볼 게 있었는데, 지원 씨한테 물어보면 되겠네."

"뭘요?"

"따뚜라는 사람, 어땠어요? 사실 저번에 택근 씨 만났을 때 얘기하려고 했는데 상황도 그렇고 해서 꺼내기가 그렇더라고요."

그렇게 말한 김선영이 입을 쉬지 않고 놀려대며 그녀를 안으로 들였다. 철컥거리는 소리와 함께 현관이 굳게 닫혔다.

"모아 족에 따뚜라는 사람은 없어요. 그 사람, 사기꾼인가 해서 나름 알아봤는데 재미있는 사실이 있지 뭐예요."

어지간히 그간의 성과를 자랑하고 싶던 모양인지 묻지도 않은 말을 혼자 주절주절 떠들어대는 그녀의 얼굴이 지나칠 정도로 들떠 있었다.

"공식적인 실종자 명단에는 없지만 사실 '실종자의 길'은 더 많은 사건 사고가 있었어요. 그리고 생존자가 없다고 알려진 것과는 달리 생존자가 있어요."

"생존자요?"

"네, 생존자요. 그리고 생존자보다 더욱 이상한 건 몇 번의 실종 사고 기록에 매번 따뚜라는 이름이 올라와 있었어요. 신기하죠?"

"네, 정말 신기하네요. 근데 그 생존자라는 사람들이 누군데요?"

"아, 일본의 곤충 탐사단 중 한 명인데……."

무언가에 홀린 것처럼 자신의 조사 결과를 털어놓던 김선영이 순간 멈칫했다. 잔뜩 흥분해 있던 방금 전과는 달리 굳은 얼굴로 그녀가 이지원을 바라보며 물었다.

"근데 지원 씨가 내 작업실은 어떻게 알고……."

"김 작가님이야 워낙 유명하시니까요."

뭔가 혼자 생각에 잠겨 있더니 그녀의 얼굴에 경계하는 기색이 떠올랐다.

"아, 근데 무슨 일로 절 찾아왔죠?"

어쩐지 불안해 보이는 얼굴을 한 그녀가 자꾸만 이지원과 현관을 번갈아 바라보았다.

"저도 아마존의 생존자잖아요. 아마존의 저주니 뭐니 조금 께름칙해서."

"근데 제가 그거 조사하고 있는 건 누구한테 들었죠?"

그녀의 말에 순간적으로 멈칫한 이지원이 이내 말을 얼버무렸다.

"택근이 오빠한테 들었어요."

"아, 그렇구나."

김선영이 고개를 끄덕이며 납득했다는 듯한 얼굴을 해보이더니 이내 경계심 어린 얼굴을 풀어 보였다.

"이게 커피숍이니 매스컴에서 떠들어대는 아라비카 커피보다 열 배는 더 귀한 커피거든요?"

커피포트에 물을 올리며 그녀가 그렇게 말했다.

"어디 있더라. 어디 보자."

짐짓 아무렇지도 않게 서랍을 뒤적거리는 그녀를 보며 이지원은 눈을 가늘게 떴다.

"커피 좋아하죠?"

애써 평정을 가장한 음성이 파르르 떨리고 있다. 그녀의 강박적인 모습을 보던 이지원이 말했다.

"커피는 됐어요. 얘기나 더 하죠. 그래서, 그 생존자가 어디 있다고요?"

김선영 작가의 얼굴이 대번에 하얗게 질리고 말았다.

"아, 그게 어디 있더라. 노트북에 있는데, 잠깐만 기다려요."

그렇게 말한 그녀가 어딘지 모르게 다급한 걸음으로 서재로 향했다. 노트북 앞에 앉은 그녀가 빠르게 폴더를 열고 닫고 하며 마우스를 클릭해 댔다.

"어디 저장했더라."

"근데……."

김선영이 바쁘게 놀리던 손을 멈추고는 그대로 굳어버렸다.

"이 얘기 또 누구한테 했어요?"

"아직 아무한테도……."

"아무한테도?"

"아무한테도."

"그럼 이 사실을 아는 사람은 김 작가님밖에 없네요?"

"네."

"그럼……."

그 순간 평생을 저 하고 싶은 대로 움직여 대던 입술이 오늘만큼은 마치 다른 사람의 입처럼 제멋대로 움직였다.

"김 작가님만 없으면 이 사실을 아는 사람은 없겠네요?"

'죽여. 죽여. 죽여.'

이지원은 누군가의 속삭임을 들은 것 같았다. 스스로 생각하기에도 마치 연쇄 살인범이나 할 법한 대사를 던진 자신의 혀를 당장에라도 잘라내고 싶을 지경이다.

"지원 씨……."

겁에 질린 김선영이 하얗게 질린 얼굴로 자신을 부르는 것이 보인다. 평소 그토록 당당하던 그녀의 눈동자가 겁에 질려 정신없이 움직이는 것을 본 이지원이 화들짝 놀라 정신을 차렸다.

"아, 죄송해요. 우리 어디까지 이야기했죠?"

아직도 귓가에는 환청이 들려왔지만 이지원은 필사적으로 정신을 붙잡았다. 여기서 정신을 놓았다가는 무언가 끔찍한 일이 생길 것만 같았다.

그녀를 보고 겁에 질린 김선영의 얼굴만큼이나 그녀의 얼굴빛도 좋지 않았다.

'죽여.'

처음이다. 그간 다른 이들이 환청과 환각에 시달리고 있다는 이야기를 들었을 때는 사실 그리 심각하게 생각하지 않았다. 그저 가위에 눌리거나 꿈자리가 사나운 정도겠지 생각했는데 지금도 끊임없이 귓가에 속삭이는 음성에 의식이 혼미해질 지경이다.

'죽여.'

겁에 질려 있던 김선영의 얼굴이 조금씩 제 빛깔을 찾는 것이 보였다. 하지만 그와는 반대로 그녀의 얼굴에선 점점 핏기가 사라져 갔다.

"생존자는 일본에 있어요. 이와이 슈지라고 곤충 탐사단에 있던 사람인데, 현재 치바현에서 살고 있⋯⋯."

경계를 푼 것인지 다시금 입을 놀려대는 김선영의 음성이 마치 망가진 스피커의 그것처럼 머릿속을 마구 헤집어댔다.

"지원 씨? 지원 씨? 괜찮아요?"

그렇게 말하는 김선영의 얼굴빛이 어쩐지 기이했다. 애써 괜찮다 대답하고는 정신을 차리기 위해서 안간힘을 쓰는데 문득 섬뜩한 예기가 느껴졌다.

언제 집어 들었는지 그녀의 손에 날카롭게 빛나는 부엌칼이 쥐어져 있다.

"얼굴이 꼭 죽은 사람 얼굴빛 같아요."

위로라고 하는 말에 등골이 서늘해졌다. 방금 전까지 귓가를 마구 울려대던 환청이 거짓말처럼 사라지고 없었다. 그 대신에 왠지 모르게 한층 낮아진 김선영의 음성이 그녀의 귀청을 때려댔다.

"안 되겠네."

무엇이 안 된다는 것일까. 의미를 알 수 없는 그녀의 말에 이지원은 오한이 돌았다. 어쩐지 무서운 일이 생길 것만 같은 기분에 그녀가 자리에서 일어났다.

"가, 가볼게요."

도망이라도 치듯 몸을 돌려 빠져나가려는데 순간적으로 억센 손길이 손목을 잡아챘다.

"어디 가요. 마저 듣고 가야죠."

"아, 아파!"

저도 모르게 소리를 지르고 말았다. 운동이라고는 제 몸매가꾸는 것 말고는 해본 적이 없을 김선영의 악력에 그녀는 손목이 으스러지는 듯한 통증을 느꼈다.

그 말도 안 되는 완력에 비명도 제대로 지르지 못하고 그녀가 있는 힘껏 손목을 비틀고 발버둥을 치는데 시퍼런 칼날이 조금씩 다가오기 시작했다.

"김 작가!"

비명처럼 소리를 지른 그녀는 극심한 통증에 시달리는 와중에도 김선영의 눈빛이 어딘지 모르게 이상하다는 것을 깨달았다. 이상할 정도로 확장된 동공 탓에 빛을 잔뜩 머금은 그녀의 눈동자가 마치 사람의 것이 아닌 양 섬뜩했다.

"왜 일본의 탐사단 이야기가 많이 알려지지 않은 줄 아세요?"

"모, 모른다고! 이 미친 여자야!"

마치 손목을 부숴 버릴 것처럼 꽉 그러쥔 탓에 정신을 차릴 수 없던 이지원이 욕설을 내뱉었다.

"왜냐면 일본의 탐사단은 일본에 돌아왔거든요. 단 두 명의 실종자만 제외하고는 전원이 귀국했으니 다른 팀들과는 다르게 상대적으로 많이 알려지지 않았죠."

이지원은 그녀가 무슨 말을 하는지 도통 알아들을 수가 없었다. 참을 수 없는 고통도 고통이었지만 앞뒤 다 잘라낸 설명에 대체 그녀가 말하고자 하는 바가 무엇인지 파악하기가 힘들었다.

"그런데 왜 생존자라는 말이 있을까요?"

이제는 완전히 돌변한 김선영의 얼굴을 보며 이지원은 그대로 굳어버리고 말았다. 그녀의 눈빛, 어디선가 본 적이 있다. 지금도 그날을 떠올리면 잠을 이루지 못할 정도로 끔찍한 화흔으로 남은 아마존에서의 기억이 다시금 그녀를 휘감았다.

손목을 비틀고 온갖 폭력을 휘둘러대던 사내, 자신을 겁탈하려 하던 손보석의 얼굴과 그녀의 얼굴이 똑같았다. 마치 무언가에 씐 것 같은 얼굴로 침을 질질 흘려대며 자신을 짓누르던 끔찍한 몰골이 생생하게 떠오른 이지원은 다리에 힘이 풀리고 말았다.

침만 흘리지 않는다 뿐이지 김선영의 얼굴은 그날의 악몽과 완전히 같은 얼굴이었다.

다리에 힘이 풀려 휘청거리는 이지원의 손목을 붙잡고는 마치 엉터리 봉제 인형의 손목을 찢어내듯 이리저리 흔들어대는 김선영의 손길에 그녀는 이리저리 볼썽사납게 끌려 다녔다.

"그리고 왜 한 명만 남았을까요?"

이제는 완전히 다른 사람의 것이 되어버린 그녀의 음성에 이지원은 이를 악물고 손목을 떨쳐냈다. 그리고는 온 힘을 다

해 필사적으로 발버둥 쳤다.

마치 그날로 되돌아온 것만 같았다. 비리비리한 사내들 따위는 상대할 수 있다 자신한 오만했던 자신이 완전히 부서져 버린 그날, 사내의 억센 몸뚱이 아래 깔려 필사적으로 발버둥 쳐야만 했던 때로 돌아온 듯한 기분이 들었다.

그리고 오늘은 자신을 구해주었던 검은 재규어도 보이지 않았다.

*   *   *

"음……."

이야기 내내 참고 있던 침음성이 흘러나왔다. 그저 그녀가 김선영의 죽음에 관련된 마지막 방문자라는 점에만 신경을 썼다. 그녀가 이따금씩 보여 온 기이한 모습이나 악몽에 너무 사로잡혀 있던 것인가.

마치 뭔가에 홀린 듯한 기분이다.

그의 표정을 대충 읽었는지 이지원이 손을 덥석 잡아왔다. 갑작스러운 손길에 그가 깜짝 놀라 눈을 동그랗게 뜨는데 그녀가 그의 손을 자신의 배로 이끌었다.

"아……."

탄탄한 복근과 매끄러운 피부 사이로 이질적인 감촉이 손

끝에 닿았다. 꽤나 길고 우둘투둘한 느낌이 손가락 두 마디가량 이어졌다.

"그때 김 작가가 한 거야."

그 한마디에 장택근은 손끝에 달라붙는 끔찍한 감촉의 깨달을 수 있었다. 흉터, 날카로운 흉기에 베인 상흔이다.

"어떻게 빠져나왔는지도 모르겠어. 정신을 차려보니 이미 집이더라고."

배에 상처를 입은 그녀는 제대로 치료를 할 생각도 하지 못하고 무작정 일본으로 향했다. 자신에게 벌어진 이 끔찍한 일을 해결할 실마리가 있다는 사실이 스스로를 이끈 모양이다.

"도망친 거야. 사실 나도 나한테 무슨 일이 일어난 건지 몰랐어. 그냥 머릿속에 울려대던 환청이 자꾸만 떠올랐어. 김 작가가 갑자기 변한 것이 내 탓이라는 생각이 머릿속을 떠나지 않더라구."

멀쩡하던 김선영이 그녀를 만나고 돌변했다. 막연하지만 깊이 각인된 예감이 그녀를 장택근과 소중한 이들의 곁을 떠나게 만들고 말았다.

"천하의 이지원이 그깟 같지 않은 괴담 때문에 도망친 거지."

자조적인 음성에 장택근은 한숨을 길게 내쉬었다.

하나를 까면 또 하나가 나온다. 그리고 또다시 사건은 미궁으로 빠져든다. 그저 본능처럼 그녀에게 일어난 일이 비단 그녀 하나에게만 일어난 일이 아닐 거란 생각이 들었다.

윤신애 역시 뭐에 홀리기라도 한 듯 광기를 부린 때가 있었고, 지금의 김우영 역시 마찬가지다.

어쩌면 저주라는 것은 실체도 없이 사람들을 이리저리 옮겨 다니는 것은 아닐까.

마치 짐승과도 같은 노란 안광을 흘려대던 차동수의 마지막 모습이 떠올랐다.

그가 생각에 잠겨 있는 사이 이지원이 설명을 마쳤다. 숨겨져 있던 비화가 드러났지만 여전히 진실은 오리무중, 안개 너머에 감춰져 있었다.

그리고 그 모든 실체를 풀어줄 존재가 마침 눈앞에 있었다.

"미스터 이와이……."

장택근의 질문에 이와이 슈지가 바로 고개를 끄덕였다. 장택근이 더듬거리며 딱딱한 영어 발음으로 말을 이어가려는데 이지원이 불쑥 끼어들었다.

"그냥 나한테 말해. 자기 영어 실력보다는 내 일본어 실력이 나을 거야."

그녀의 말에 그가 고개를 끄덕였다.

"먼저 이와이 슈지 씨에게 무슨 일이 일어났었는지 알고 싶어."

장택근의 말을 들은 이지원이 한참을 일본어로 이야기하자, 이와이 슈지가 고개를 끄덕이며 몇 마디 짤막하게 대답했다. 낮은 사내의 음성에 그가 마른침을 삼켰다.

이제 진실이 코앞이다.

자꾸만 손에 땀이 났다. 그가 초조한 마음을 다스리려 주먹을 쥐락 펴락 하는데 이지원이 다시 말했다.

"어렵지 않은 일이라고, 그전에 한 가지 알아둘 것이 있대."

그녀의 말이 끝나기가 무섭게 이와이 슈지가 다시 몇 마디를 내뱉었다. 자신을 똑바로 보며 하는 말에 그가 그녀를 바라보았다.

"이 모든 일은 사실이고, 단 한 치의 거짓도 없다고, 현실을 외면해서는 안 된다고."

상투적이라면 상투적일 수 있는 말이다. 그런데 장택근은 그 한마디에 정신이 번쩍 드는 기분이 들었다.

"그럼 이야기를 시작하겠데."

* * *

이와이 슈지를 비롯한 일본의 곤충탐사단은 일본에 돌아오기가 무섭게 해산되었다. 아마존에서 겪은 기묘한 일들로 인해 서로 간에 꺼리는 기색이 역력했다. 그토록 자신에게 친근하게 굴던 와타나베 켄지 역시 마치 역병 걸린 사람이라도 보듯 그를 쏘아보다가 그대로 몸을 돌려 사라지고 말았다.

자신이 한 것이라고는 사람들을 구한 것밖에 없었다. 자꾸만 머릿속을 스쳐 가는 환상에 의지하여 맹수의 습격과 온갖 험한 일을 막아내었다. 그런데 사람들은 전혀 고마워하지 않았다. 오히려 께름칙한 얼굴로 마지못해 고개를 숙여 보일 뿐이었다.

왜일까. 그들은 마치 자신을 이 모든 일의 원흉이라도 되는 듯 바라보았다. 사람들 앞에서 보인 기괴한 모습 탓이었을까.

스스로 되짚기에도 이따금씩 보인 짐승과 같은 모습이 께름칙할 만했다.

하지만 그럼에도 불구하고 이토록 마음이 쓰린 것은 생사고락을 함께한 어느 누구도 그를 달가워하지 않은 탓이었다.

시간이 흘러갔다. 아마존에서 내내 시달리던 환청도 더는 들리지 않았고 더 이상 생명을 위협하는 포식자를 경계할 필요도 없었다.

모든 것이 끝났다고 생각했다. 새로운 인생을 시작했다.

아마존을 다녀온 이후로 기이할 정도로 향상된 신체 능력과 외모에 그는 원하는 것이라면 뭐든지 이룰 수 있었다. 도시의 뒷세계를 오가며 손에 닿는 모든 것을 제 것인 양 누렸다. 일반인의 신체 능력을 아득히 초월한 육체, 압도적인 힘에 힘을 맹신하는 사내들이 모여들었고, 마성에 가까운 카리스마에 모든 이가 그를 우러러보았다.

그 시절에 그가 가장 깊게 탐닉한 것은 여자였다. 이상할 정도로 쉽게 넘어오는 여인들을 품고 또 그들이 던져주는 맹목적인 애정에 빠져 살았다.

모든 것을 다 가졌다고 생각했다. 하지만 그는 곧 힘에는 대가가 따른다는 사실을 깨달아야 했다.

와타나베 켄지의 갑작스러운 방문에 반가움을 느끼기도 전에 상황은 급변했다. 희번덕이며 돌아간 눈동자 하며 기이할 정도로 불거져 나온 핏줄을 한 와타나베 켄지는 그의 수족과도 같던 사내들을 모조리 때려죽이고는 그마저 살해하려 했다. 뒷세계의 거친 사내들마저도 두려워 마지않던 카리스마와 힘으로도 그를 이겨내기 버거웠다.

와타나베 켄지가 풍기던 노린내와 인간의 눈빛이라고 할 수 없을 정도로 섬뜩한 샛노란 안광은 아마존에서 지겹도록 겪어온 포식자들의 그것과 한 치도 다르지 않았다.

간신히 그를 제압했을 때는 이미 너무도 많은 수하가 살해당했고, 자신 역시 평생 이고 가야 할 상처를 입고 말았다.

그제야 그는 깨달았다. 아마존의 끔찍한 저주가 아직 끝나지 않았음을.

하지만 그 사실을 깨달았을 때에는 이미 늦어버렸다. 아마존에서 고락을 함께하고 생사를 같이 넘나들던 탐사단의 단원 태반이 비명횡사했다. 나중에 가서야 그들이 서로에게 상해를 입히고 또 스스로마저 해하였다는 사실을 알았다.

그리고 그 끔찍한 광기가 자신에게마저 향하고 있다는 사실을 깨달았을 때, 그는 움직이기 시작했다.

살리려고도 해봤고 자신을 해하기 전에 먼저 죽이려고도 해보았다. 그의 의도이든 아니든 결국 마지막에 남은 것은 죽음뿐이었다.

희생자들을 전부 먹어치운 끔찍한 저주는 계속해서 몸을 불리기 시작했다. 그의 주변에 있던 이들이 가장 먼저 희생되었다. 그들은 악몽과 환각에 시달리다 끝내는 스스로 목숨을 끊거나 주변 사람들을 공격했다.

광기, 다른 말로는 표현할 수가 없었다.

그는 자연스럽게 다른 이들과 거리를 두기 시작했다. 그리고 종내에는 산중에 처박혀 모든 인연을 끝내고 갈아야 했다.

이제는 모든 것을 먹어치우고 남은 것이 없었는지 그에게 끊임없이 속삭이던 저주가 희미해지더니 완전히 사라진 것은 3년 전의 어느 날이었다.

그리고 그날은 장택근과 다큐멘터리 촬영팀이 아마존에 도착한 날이기도 했다.

                    ＊   ＊   ＊

　"그 뒤로는 별다른 일이 없었고, 지금 우리를 만나게 된 거지."

　담담한 이지원의 음성에 새삼 장택근이 이와이 슌지를 바라보았다. 처음 봤을 때만 해도 강인하다 생각한 그의 얼굴에 서린 지독스러운 피로가 이제야 눈에 들어왔다.

　"나에게 일어난 일, 신애에게 일어난 일, 그리고 오빠한테 일어난 일, 모두 같아."

　그녀의 말에 그가 퍼뜩 생각에서 깨어났다.

　"왜 하필이면 우리가 아마존에 도착한 날 이와이 슌지 씨의 저주가 끝이 났을까."

　가장 먼저 든 의문이다. 장택근의 말에 그녀가 생각할 것도 없다는 듯 바로 대답해왔다.

　"옮겨갔겠지."

　그 짤막한 말에 소름이 돋았다.

　"이와이 슌지 씨가 그랬잖아. 다 먹어치우고 더 이상 먹어치울 게 없었다고."

장택근이 저도 모르게 신음성을 내뱉었다. 질 나쁜 괴담의 그것처럼 이리저리 사람들을 옮겨 다니며 파멸로 이끄는 저주의 실체에 절로 오한이 들었다.

"자기도 듣고 싶은 것이 있대. 여기까지 찾아오게 된 이유를. 나한테 들은 이야기 말고도 또 다른 일이 있었는지."

이상할 정도로 차갑게만 느껴지는 음성에 장택근은 눈이 번쩍 뜨였다.

"아……."

다르다. 그와 자신은 같지만 다르다. 수많은 일을 겪었지만 그와 겹치지 않는 일들이 있었다.

"악몽."

아마존에서 꾸었던 끔찍스러울 정도로 길고도 길었던 악몽이 그와 이와이 슌지의 차이를 갈랐다.

"난 아마존에서 길고 긴 악몽을 꿨어."

이미 그녀에게는 몇 번이나 말한 악몽의 존재. 생각하기도 싫을 정도로 괴롭고 끔찍한 악몽이었지만 그 덕에 아마존을 벗어날 수 있었다.

그의 설명을 그녀가 담담한 어투로 이와이 슌지에게 전하기 시작했다. 그녀조차도 듣지 못한 악몽 속을 헤매던 시절의 이야기가 길게 이어졌다.

"나는 기다리기보다는 먼저 찾아가기로 했어. 그리고 마침

내 검은 재규어를 찾아 죽였지."

아마존을 탈출하기 전, 폭우가 내리던 그 무렵에 장택근이 어딘가로 사라졌다가 피투성이가 되어 돌아온 것을 떠올린 이지원이 눈을 동그랗게 떴다.

이와이 슌지의 이야기만 해도 믿기 어려운 일투성인데 자신의 연인은 더한 이야기를 늘어놓는다.

"아마도 그 검은 재규어가 우리를 아마존에 가둬두었던 무언가일 거야."

추측, 추측, 추측뿐이다. 하지만 그의 어조에는 확신이 깃들어 있었다. 이와이 슌지 역시 검은 재규어의 존재를 아는지 고개를 끄덕였다. 뒤늦게 자신이 밀림 속을 어떻게 빠져나왔는지를 설명해 주었다.

"저는 검은 재규어에 감히 맞설 생각도 하지 못했습니다. 그저 아마존을 헤매고 또 헤매다 보니 길이 열렸을 뿐입니다."

이와이 슌지의 말을 이지원이 빠르게 번역해 주었다. 그와 일행은 장장 넉 달에 걸쳐 아마존을 헤매다 밀림을 나올 수 있었는데, 일행 중 두 명이 포식자의 습격과 풍토병으로 죽긴 했지만 다른 이들은 비교적 몸을 건사할 수 있었다. 환각처럼 스쳐 가는 이와이 슌지의 예지 덕분이었다.

이 또한 장택근과 다른 점이다. 장택근이 무리하게 검은 재규어를 퇴치하지 않았다면 그는 언제까지고 밀림을 헤매고 또 헤매고 다녔을 것이다.

밀림 속을 아주 오랫동안 헤매던 그의 악몽이 현실이 되었으리라. 다른 것은 몰라도 그것 하나만큼은 확실했다.

풀어내고 또 풀어내도 끝이 없는 의문이 마치 잔뜩 엉킨 실타래처럼 엉망진창이다. 저도 모르게 얼굴을 잔뜩 찡그린 그가 머리를 잡고 고개를 푹 숙였다.

그런 그를 보며 이와이 슌지가 마치 모든 것을 이해한다는 듯한 얼굴로 말을 이어갔다. 자신 역시 수십 년간을 방황했는데 눈앞의 젊은 사내는 오죽할까 하는 얼굴이다.

"처음에는 따뚜가 일행을 이끌었지요. 그가 가자는 곳으로 가면 맹수의 습격도 없었고 먹을 것도 곧잘 구할 수 있었습니다."

잊고 있던 존재가 표면 위로 떠올랐다.

따뚜, 정체불명의 안내인.

모아족에서 나왔다 주장하지만 모아족의 어느 누구도 정체를 모르는 아마존의 원주민이다. 김선영이 현지에 답사까지 가서 확인한 내용이니 아마 틀림없을 것이다. 그녀의 말에 의하면 모아족은 신비의 부족도 아니고 여느 아마존의 부족들이 그렇듯이 현대화된 문물을 받아들이고 이제는 슬슬 삶의 터전을 밀림이 아닌 도시로 옮겨가는 와중이었다.

이미 자연 속에서 살아가는 부족민의 긍지도 잃어버린 그들 중에 따뚜처럼 능숙한 사냥꾼은 더 이상 존재하지 않는다고 했다.

그렇게 생각하면 그의 정체가 목에 걸린 가시처럼 찜찜하기만 했다. 어쩌면 그가 모두를 끔찍한 저주 속으로 이끈 것은 아닐까. 하지만 그렇다고 하기에는 그에게 받은 도움이 너무도 많았다.

"그런데 이상하게도 따뚜는 밤이 되면 모습을 보이지 않았어요. 처음에는 어디를 갔나 싶었는데 날이 갈수록 이상하더라고요. 직접 겪어본 밀림은 아무리 숙련된 사냥꾼이라도 밤을 홀로 나기에는 지나칠 정도로 가혹했거든요."

장택근 역시 그 말에 고개를 끄덕일 수밖에 없었다. 그의 일행이 아마존을 헤매던 무렵에도 따뚜는 밤이 되면 모습을 드러내지 않았다. 마치 처음부터 없던 것처럼 밤이 되면 따뚜라는 존재는 흔적조차 남지 않았다.

"그 사실을 깨닫고 나니 저는 갑자기 따뚜가 두려워졌습니다. 그래서 어느 날부터인가 따뚜가 이끄는 방향이 아닌 다른 곳으로 향하기 시작했지요."

무서울 만도 했다. 밤만 되면 모습이 사라지는 원주민이라니, 험난한 밀림 속에서 믿고 의지하기에는 지나칠 정도로 수상쩍었다.

"처음에는 따뚜가 화를 냈습니다. 자기가 이끄는 방향으로 어떻게든 데려가려고 했지만 저는 왠지 따라가서는 안 될 것 같았습니다. 그래서 계속 고집을 피웠더니 며칠이 지나자 따뚜가 포기했는지 멀리서 우릴 바라보기만 하더군요."

장택근은 그의 무모함에 현기증이 날 지경이었다. 따뚜라는 든든한 버팀목이 사라진 원정대가 얼마나 고초를 겪었을지 상상이 갔다.

음식을 구하고 쉴 곳을 찾는 것까지 뭐 하나 쉬운 일이 없었을 것이다. 안락한 도시에서 살아가던 이들이 마음껏 활개를 치고 다닐 정도로 아마존은 만만한 곳이 아니었으니까.

"일행을 잃기는 했지만 결국 저희는 베이스캠프를 찾아낼 수 있었습니다. 그 무렵에는 일행도 저도 너무 지쳐 있었죠. 그럼에도 불구하고 저희는 이제 살았다는 생각에 환호했습니다."

"끄응."

그의 말을 들으며 생각에 잠겨 있던 장택근이 결국 참고 있던 한숨을 내쉬었다.

따뚜가 무슨 목적으로 접근했는지를 떠나 그는 존재 자체가 미스터리다. 수십 년 전에도, 그리고 수년 전에도, 그리고 자신들이 아마존을 방문했을 때도 따뚜란 이는 항상 존재했다. 그저 동명이인이라고 하기에는 겹치는 점이 너무도 많다.

"아."

그 순간 그는 정승현의 집에서 담아온 촬영 영상이 떠올랐다.

"컴퓨터나 이 영상을 틀 만한 것 없나요?"

그의 말을 이지원이 통역해 주었다.

이와이 슈지가 장택근의 말에 어디선가 구닥다리 노트북을 들고 왔다.

"이것밖에 없대."

"어쩔 수 없지."

어쩐지 메모리 스틱에 담아온 영상을 재생하기에는 버거워 보이는 구식 노트북이었지만 딱히 다른 대안이 없었다. 조심스럽게 먼지가 묻은 노트북의 표면을 닦아내고는 시동 버튼을 눌렀다.

이제는 일부러 찾아보지 않는 이상 구경하기도 힘든 투박한 모양의 로고가 떠오르고 나서도 한참의 시간이 흘러서야 운영 체제가 가동되었다.

"여기 이걸 틀어달라고 해."

장택근이 뒤늦게 품에서 조그만 메모리 스틱을 꺼내들어 내미니 이지원이 눈을 동그랗게 뜨며 물었다.

"이게 뭐야?"

그녀의 질문에 그가 어두운 얼굴로 대꾸했다.

"아마존에서 우리가 찍은 영상."

"그때 안내인들한테 다 뺏겼잖아."

"촬영팀 막내 승현이라고 기억 나? 그 친구가 테이프 몇 개를 빼돌렸어."

검은 재규어를 보고 눈이 돌아간 현지 안내인들이 밀렵꾼으로서의 면모를 드러내던 순간, 어지간한 전자기기와 값이 나가는 것은 전부 다 빼앗겼다. 그중에서도 자신들의 얼굴이 녹화된 촬영 테이프는 잘근잘근 밟아 다시는 사용할 수 없게 만들었는데 촬영팀의 정승현이 기지를 발휘해 테이프 몇 개를 빼돌린 것이다.

그렇게 간신히 지켜낸 테이프가 방송국의 기록실, 그리고 다시 정승현을 거쳐 장택근의 손에 들어왔다.

"일단은 이걸 보는 게 좋을 거야."

그가 메모리 스틱을 이와이 슈지에게 전해주며 어색한 발음으로 '플레이 디스 비디오'라고 말하는데, 이지원이 갑자기 그의 손을 잡아챘다.

"뭐가 들었는데?"

"직접 봐."

"그냥 설명해 주면 안 돼?"

또다시 변덕을 부리는 그녀의 모습에 장택근이 인상을 찌푸리다가 그녀의 얼굴이 하얗게 질려 있음을 깨닫고는 한숨을 내쉬었다.

어찌 그녀의 마음을 이해하지 못할까. 그 역시 정승현이 이 영상을 보여주기 직전에 얼마나 많은 생각을 했던가. 이유 모를 불길함에 몇 번이나 망설이다 영상을 확인한 그이니만큼 이지원의 마음이 십분 이해가 갔다.

"너무 걱정하지 마."

그의 말에 이지원이 여전히 떨리는 눈동자로 한참을 망설이다 천천히 손을 떼어냈다. 이와이 슈지가 어리둥절한 얼굴로 그들을 지켜보다 장택근의 눈짓에 메모리 스틱을 건네받았다.

노트북의 후면에 조심스럽게 메모리 스틱을 꽂아 넣은 그가 장택근을 바라보았다.

"메이 아이 플레이, 디스 비디오?"

"예스, 플리즈."

짤막한 말에 이와이 슈지가 파일이 들어 있는 폴더를 열고는 영상을 선택했다. 딸칵거리는 클릭 소리가 들리고 이내 조금은 생소한 동영상 플레이어가 화면에 떴다.

[과연 열정의 나라답게 공기부터 다르네요. 오우! 저 아가씨 봐. 삼바의 나라답게 쌈박하구만.]

되도 않을 멘트를 지껄여 대며 저 혼자서 좋다고 낄낄거리는 김우영의 모습이 화면에 떠올랐다.

좁디좁은 구형 노트북의 화면에 시선을 고정한 이지원이 몸을 떨며 장택근에게 바짝 붙어 앉았다.

[방금 건 편집해. 멘트가 좀 별로인 거 같아.]

남미의 햇살을 가득 받은 김우영의 얼굴이 어쩐지 이목구비조차 흐릿하게 보였다.

*　　　*　　　*

영상은 색다를 것 없었다. 하필 건진다고 건진 테이프가 대부분 김우영과 그의 매니저가 핸드카메라를 들고 찍어댄 쓸데없는 내용만 담고 있었다. 그렇게 아마존의 이야기들이 화제가 되었을 때조차도 방송국에서 공개하지 못한 이유가 있었다.

분량이랄 것도 없이 내내 김우영의 쓸데없는 헛소리만 이어지니 건질 것이 하나도 없던 탓이다.

하지만 영상을 보는 내내 이지원과 이와이 슈지는 숨소리조차 제대로 내뱉을 수가 없었다. 이미 한 번 영상을 확인한 장택근마저도 그들에 못지않게 억눌린 얼굴을 하고 있었다.

화면에 비친 촬영팀의 얼굴이 온통 흐릿했다. 차동수나 오지형 카메라 감독, 출연진과 촬영 스태프들 할 것 없이 이따금씩 화면에 비치는 그들의 얼굴이 마치 빛을 잘못 받은 것처럼 온통 날아가고 없었다.

처음에는 핸드카메라의 조잡한 성능 탓에 그런 것이라 생각했다. 하지만 시간이 지나고 또 지나도 낮과 밤, 실외와 실내 할 것 없이 온통 보이는 얼굴들이 이목구비가 제대로 보이지 않고 흐릿하니 보는 이들은 두려움에 휩싸일 수밖에 없었다.

게다가 간간이 보이는 촬영팀과 관계없는 이들의 얼굴은 온전하게 카메라에 담겨 있었다. 마치 싸구려 공포영화의 싸구려 연출을 보는 듯했다.

하지만 그렇다고 해서 그들이 영상을 보면서 아무렇지도 않은 것은 아니었다. 당장 눈앞에 있는 영상 속 주인공들이 자신임에야 그들이 평정을 유지할 리가 없었다.

화면이 빠르게 흘러갔다. 가만히 지켜보고 있던 장택근이 동영상 재생기를 조작하여 화면을 넘기기 시작한 것이다.

숨조차 제대로 내쉬지 못하고 화면에 사로잡혀 있던 이들이 흠칫 놀라며 고개를 뒤로 물렸다.

"음……."

너무도 긴장을 하고 있던 탓인지 그 잠깐 사이에 양쪽 어깨가 마치 누군가에게 두들겨 맞은 것처럼 아파왔다. 이지원이 떨리는 손으로 어깨를 주무르는 사이에 이와이 슌지가 입을 열었다.

이제까지와는 다르게 마치 으르렁거리듯 낮은 어조라 이
지원이 다시 흠칫 놀라 그를 바라보다 고개를 저었다.

"아, 우리한테 한 말은 아니고 그냥 욕이야."

장택근이 영상을 마구 넘기면서 시선을 돌리자 이지원이
질린 듯한 어조로 얘기했다.

"근데 이거 영상 깨진 거 아냐?"

아까부터 내내 보아온 영상의 진위를 믿을 수가 없던 모양
이다. 마치 누군가의 질 나쁜 장난처럼 깡그리 이목구비가 날
아가 버린 사람들의 모습이 지나치게 비현실적인 탓이다.

"이거 방송국에 보관되어 있던 거 가져온 거야. 원본 필름
을 바로 디지털화시킨 거고."

그의 말에 이지원이 결국 한참을 참고 있던 신음을 내뱉고
말았다.

빠르게 넘기는 화면에 스쳐 가는 얼굴들이 기괴하다. 몽달
귀신처럼 온통 밋밋한 얼굴을 보며 그녀는 그나마 이목구비
가 제대로 보이는 인물들을 찾아냈다.

자신과 장택근, 그리고 윤신애와 진재영뿐이다. 김우영 역
시 다소 흐릿하긴 하지만 다른 이들과는 달리 어렴풋이나마
이목구비가 구분이 갔다.

"나, 오빠, 그리고 신애하고 언니, 우영이."

저도 모르게 멀쩡한 이들의 이름을 나열하던 그녀가 소스라치게 놀랐다.

"설마?"

그녀의 말에 장택근이 화면을 조작하던 손을 잠시 멈추고는 고개를 끄덕였다.

"맞아."

억눌린 그의 음성에 그녀의 얼굴이 이제는 완전히 하얗게 질려 버리고 말았다.

"나, 너, 신애하고 재영이 누나, 그리고 우영이. 아직 살아남은 사람들만 멀쩡하게 나와."

놀랍게도 영상 속의 사람 중에 멀쩡하게 보이는 이들의 명단과 생존자의 명단이 완벽하게 일치했다.

한겨울 차갑게 얼어붙은 호수 속으로 내동댕이쳐졌을 때의 기분이 이러할까. 온몸이 싸늘하게 식어내려 손끝마저 감각이 없는 듯한 기분이다.

이지원이 온몸을 덜덜 떠는데 장택근이 한마디 더 했다.

"여기 승현이. 내가 처음 영상을 봤을 때만 해도 멀쩡하게 나왔어."

그의 말에 이지원이 결국 넋을 잃은 사람처럼 얼빠진 신음소리를 냈다. 어지간해서는 보이지 않는 그녀의 흐트러진 모습을 보면서도 그는 말을 멈추지 않았다.

"그리고 승현이는 지금 죽었지."

일본에 오고 나서야 알았지만, 정승현이 투신자살을 했다. 언젠가부터 사회면의 기사를 꼼꼼하게 챙겨보던 그인지라 늦게나마 기사를 확인할 수 있었다.

이로써 아마존의 생존자는 자신을 포함하여 이지원과 윤신애, 진재영과 김우영만이 남아 있다. 나윤섭의 경우에는 따로 기사가 나진 않았지만, 화면을 보고 짐작컨대 수감 중이던 감옥에서 변을 당했을 거라 추측했다.

사회와는 완전히 격리된 곳이니만큼 아마도 따로 기사가 나지 않았을 뿐이리라.

그렇게 생각한 장택근이 다시 입을 열려는데, 이지원이 잔뜩 억눌린 비명을 내지르며 손가락을 바짝 치켜들었다. 경기라도 일으키듯 덜덜 떨리는 그녀의 손가락 끝에 걸린 화면을 본 장택근은 그대로 굳어버렸다.

빠르게 넘어가던 화면 속에서 누군가의 얼굴이 천천히 지워지고 있었다.

"신애!"

곱고 여린 눈매가 사라지고 거뭇거뭇한 그림자만 남더니 갸름한 얼굴을 채우고 있던 오밀조밀한 코와 입이 순식간에 뿌옇게 뭉개지고 있었다.

장택근이 소스라치게 놀라며 동영상의 플레이어를 확인했

지만 화면은 정지 상태였다. 그럼에도 불구하고 화면 속 윤신애의 얼굴은 계속해서 뭉개지고 흐릿해지다 마침내는 다른 희생자들의 그것과 완전히 같아지고 말았다.

"신애가……."

이지원이 저도 모르게 울먹이며 한마디 하는데 장택근이 버럭 소리를 질렀다.

"재수 없는 소리!"

좀처럼 화를 내지 않던 그인데 소리까지 지르더니 나중에 가서는 미친 사람처럼 혼잣말을 하기 시작했다.

"분명 내가 올 때까지만 해도 멀쩡했는데… 수술도 잘됐고… 그리고 재영이 누나랑 꼭 붙어 있을 거라고……."

그렇게 중얼거리던 그가 품을 뒤져 휴대폰을 꺼내 들었다.

"받아라, 받아라."

빠르게 전화번호를 누른 그가 통화 버튼을 터치하고는 초조한 음성으로 말했다.

"받아라, 받아. 제발."

밝고 상큼한 윤신애의 통화 연결 음이 귓가로 들려왔다.

"제발 좀……."

그토록 간절하게 바라고 바랐지만 통화 연결 음이 두 번이나 반복되고 안내원의 부재중 안내 멘트가 나오도록 윤신애는 전화를 받지 않았다.

"오빠……."

그가 하얗게 질린 얼굴로 다시 휴대폰의 발신 버튼을 누르는 것을 본 이지원이 결국 눈물을 떨구며 흐느끼기 시작했다.

"아직은 아니야, 아직은."

그런 그녀의 모습이 꼭 윤신애의 죽음을 기정사실화시키는 것 같아 장택근 애써 흐느끼는 연인의 모습을 외면하며 몇 번이고 전화를 걸었다.

하지만 윤신애는 전화를 받지 않았다.

결국 전화기를 내려놓은 장택근은 손바닥으로 눈두덩을 누르며 고개를 숙였다. 잘게 어깨를 떨며 무언가에 잔뜩 짓눌린 신음 소리를 내뱉는 그의 모습이 꼭 새끼 잃은 짐승과도 같았다.

"내가 어떻게 살려냈는데……."

저도 모르게 튀어나온 한마디에 그의 복잡한 심사가 다 들어 있었다.

처음 환각을 보고 가장 먼저 구해낸 것이 윤신애였다. 원래대로라면 아나콘다의 습격에 목숨을 잃었어야 할 그녀를 살려 서울까지 데려왔다. 그리고 무언가에 씌어 자살 시도를 하고 위태롭게 삶을 이어가던 그녀를 건져낸 것이 바로 자신이다.

[그럼 택근이 오빠라고 부르면 될까요?]

더럽고 추한 것이 이 바닥이라고, 방송가를 전전하면서도 순수함을 잃지 않던 그녀의 첫마디가 떠올랐다.

아마존에서 정신을 잃고 악몽 속을 헤매고 있었을 때, 식사도 제대로 하지 않고 자신의 곁을 지켜준 그녀다. 사회에 돌아와서도 자신의 주변을 맴돌다 마침내 모든 일이 해결되고 돌아와 사심 없이 웃어주던 윤신애.

그런 그녀의 얼굴이 이제는 완전히 흐릿해지고 말았다.

마침내 고개를 숙인 장택근의 입을 타고 흐느낌이 새어 나왔다. 잔뜩 억눌린 그의 흐느낌과 이지원의 흐느낌이 서글프게 그들 사이를 감쌌다.

"미스터 장!"

그렇게 비탄에 빠져 있던 그의 귓가로 이와이 슌지의 목소리가 들려왔다. 듣기 좋은 중저음이던 그의 음성이 날카롭게 찢어져 있다.

눈물범벅이 된 얼굴로 그가 고개를 번쩍 들었다. 겁에 질린 건지 화가 난 건지 알 수 없는 표정의 이와이 슌지가 노트북 화면을 가리켰다.

여전히 정지되어 있는 영상. 이제는 이목구비가 완전히 사라져 버린 윤신애 너머로 김우영이 보였다.

다른 희생자의 이목구비가 완전히 사라진 것에 비해 이상할 정도로 얼굴에 음영이 강하게 잡힌 그의 얼굴을 바라보던 장택근이 찢어질 듯이 눈을 부릅떴다.

흐릿한 게 아니었다. 이리저리 뭉개진 이목구비가 제대로 보이지 않는다 생각하던 장택근인데 지금에 와서 다시 본 김우영의 얼굴은 어딘지 모르게 이질적이었다. 얼굴 아랫부분에 거뭇거뭇한 선이 잔뜩 이어져 있다 싶었는데 눈을 크게 뜨고 보자 그 선이 얼룩이 아니라는 사실을 깨달을 수 있었다.

왼쪽 귀에서부터 오른쪽 귀까지 쭉 이어진 새까만 선, 그 선이 천천히 벌어지며 누런 이빨이 드러났다. 김우영의 얼굴은 완전히 인간이라 할 수 없도록 기괴하게 변해있었다.

그 모습이 꼭 짐승과 사람을 합쳐 놓은 것 같아 장택근은 저도 모르게 자리에서 벌떡 일어섰다.

9장

진실

장택근이 눈이 찢어져라 부릅뜬 채 화면에서 시선을 떼지 못하고 있는데 둔탁한 소리가 들려왔다.

쾅쾅!

화면에 완전히 정신이 팔려 있던 장택근은 화들짝 놀라 소리가 나는 방향으로 고개를 돌렸다.

쾅!

산장의 낡은 문짝이 소리가 날 때마다 흔들려 대는데 그 소리가 제법 난폭했다. 노크라고 하기에는 지나치게 예의에 어긋나는 소리인지라 그가 저도 모르게 이와이 슌지를 바라보왔다.

"이즌트 유어 프렌드?"

하지만 이와이 슌지는 오히려 그를 바라보며 인상을 찡그리고 있었다. 장택근이 그의 말에 짧게 '노' 라고 대답하고는 몸을 일으켰다. 자신이 일본에 온 것을 아는 사람도 별로 없는데 누가 있어 이 산중의 오두막까지 따라왔겠는가.

그의 얼굴을 본 이와이 슌지가 천천히 몸을 일으키고는 문가를 노려보았다. 아무래도 문을 두들기는 모양새가 그리 좋은 목적을 갖고 찾아온 것 같지는 않으니 벌써부터 그의 표정이 사나워졌다.

암흑가에 몸담은 적이 있다고 하더니 과연 거짓이 아니었는지 그 기세가 남달랐다. 온화하던 눈동자가 금세 사납게 번들거리고 부드러운 모양을 하고 있던 입매가 굳게 다물리니 인상이 처음 보았을 때와는 전혀 다른 얼굴이 되었다.

흡사 사람 두엇은 죽여 봤을 법한 그 살기 가득한 눈빛에 장택근 역시 자신도 모르는 사이에 바짝 굳은 얼굴이 되었다. 슬픔에 잠겨 있던 얼굴이 순식간에 사나운 맹수처럼 변해 버렸다.

눈물자국조차 채 닦지 못한 그가 이와이 슌지에게 눈짓을 보내니 그가 느린 걸음으로 낡은 서랍장을 열고는 손을 집어

넣었다. 그리고 다시 그의 손이 거무튀튀한 목재 서랍 밖으로 나왔을 때는 날카로운 일본도 한 자루가 쥐어져 있었다.

오랫동안 손질을 하지 않은 것인지 먼지가 잔뜩 묻은 모습이 볼품없었지만, 날을 타고 흐르는 차가운 예기만큼은 진짜였다.

영화에서나 보았지 실제로는 처음 보는 일본도의 섬뜩한 예기에 장택근이 살짝 몸을 떠는데 이와이 슌지가 불쑥 그에게 일본도를 건네주었다.

"에?"

생각지도 못한 그의 행동에 장택근이 깜짝 놀라 눈을 동그랗게 뜨니 그가 입가에 손가락 하나를 세워 붙이고는 또 다른 서랍에서 소방용 도끼를 꺼내 들었다.

왠지 모르게 익숙해 보이는 모습에 장택근이 뒤늦게 이지원을 챙기고는 뒤로 물러났다. 그런 그를 힐끗 바라본 이와이 슌지가 예의 그 소리 없는 걸음으로 문가에 다가서더니 가만히 문짝에 귀를 가져다 댔다.

'넷.'

그렇게 잠시 귀를 대고 있던 이와이 슌지가 손가락 네 개를 펴 들었다. 말은 없었지만 불청객의 숫자임을 알 수 있어 장택근은 자신의 손에 쥐어진 일본도를 바라보았다.

기다란 날을 타고 흐르는 그 서늘한 예기가 손끝이 시릴 정도로 선명하게 느껴졌다. 흔히 일본도를 가리켜 아름답다 말하는 경우가 있었는데 장택근은 그 안에서 지독스러울 정도의 실용성을 느꼈다.

먼지로 빛이 바래기는 했지만 떨쳐내는 순간 인간의 육신 따위는 단번에 베어버리고 살을 파고들 것이다.

과연 스스로가 이 끔찍한 무기를 잡아 들 정도로 각오가 되어 있나 자문하던 그는 영문도 모르고 자신의 손에 끌려온 이지원이 하얗게 질린 얼굴로 입가를 가리고 있는 것을 보았다. 평소 보아오던 그 당차고도 도도하던 모습은 도저히 눈 씻고 찾아보려야 찾아볼 수 없는 그 참담한 모습에 그는 이를 악물었다.

지금은 무엇을 할 수 있는가가 중요하지 않았다. 해야만 했다.

숫자가 넷이나 된다니 이와이 슌지가 말한 왕년의 기량을 반만 발휘한다고 해도 두 명은 막아낼 수 있을 것이다. 그럼 남은 두 명의 불청객을 맡아야 했다.

일본도를 그러쥔 손에 힘을 잔뜩 넣은 그가 자신이 너무 앞서가는 것이 아닐까 생각하다가 이내 고개를 저었다.

이와이 슌지의 모습을 보니 이런 일을 겪은 것이 처음이 아닌 듯했다. 느닷없는 방문에 대뜸 일본도와 도끼를 꺼내 드는 모습이 절대 일반인은 아니었다.

그저 암흑가를 전전하다 뒤늦게 은둔했다고 했지만 뭔가 자신에게 말하지 않은 것이 있는 게 분명했다.

그의 말이 사실이라면 은거한 지 무려 15년에 가까운 그를 뒤늦게 찾아올 이가 어디 있고, 또 그 의외의 방문에 살기부터 풍겨댈 이유가 무어란 말인가.

장택근이 이지원을 품으로 끌어당기며 이와이 슌지의 뒷모습을 바라보는데, 그가 갑자기 문을 열었다. 마침 문을 두들기려고 했는지 문밖에 서 있던 누군가가 얼빠진 소리를 내며 안쪽으로 기우뚱 몸을 내밀었다.

시커먼 양복을 입은 사내다. 한눈에 보기에도 그다지 바른 삶을 살 것 같지 않은 인상을 한 사내가 갑작스러운 상황에 놀라 눈동자를 데구루루 굴리는데, 그를 본 이와이 슌지의 얼굴이 심상치 않았다.

원래부터 싸늘하던 그의 얼굴이 이제는 살기로 번들거릴 지경이다.

불청객이 무언가 잘못되었음을 느끼고는 서둘러 입을 열려는데 이와이 슌지의 손에 쥐어 있던 도끼가 내려쳐졌다.

낡았지만 정취가 있던 오두막의 바닥이며 벽에 순식간에 새빨간 액체가 묻어버렸다. 그 끔찍할 정도로 붉은 액체가 금세 바닥을 흥건하게 적시는데 사내는 자신의 몸에 무슨 일이 일어났는지 미처 파악하지 못했는지 눈만 끔뻑이다가 고개를 내렸다.

방금 전까지만 해도 낡은 문짝을 힘차게 두들겨 댔을 그 두꺼운 손목이 재킷 끄트머리부터 잘려 나가 피를 뿜어대고 있다.

멍한 눈으로 한참이나 자신의 손을 바라보던 그가 이내 입을 쩍 벌렸다. 그리고 얼빠진 소리를 내뱉던 사내가 비명을 토해냈다.

"미스터 이와이!"

이지원을 지키기 위해서라면 무슨 짓이든 하겠다고 마음먹은 장택근이지만, 이번에는 그런 그조차도 놀라고 말았다. 상대방의 정체를 파악하기도 전에 대뜸 도끼로 한쪽 팔을 잘라 버리다니…….

아마존에서 산전수전 다 겪은 그가 보기에도 끔찍한 광경이었다.

비명을 질러대며 문밖으로 나동그라지는 사내의 모습이 끔찍한 것이 아니다. 온 사방을 적신 붉은 액체가 거북스러운 것이 아니다. 그렇다고 새빨간 핏물이 흥건한 가운데에 덩그러니 놓여 있는 손목이 역겨운 것도 아니다.

그를 경악하게 만든 것은 이와이 슌지의 물 흐르는 듯 자연스러운 동작이었다.

마치 정육점 주인이 닭 모가지를 쳐 내듯 너무도 아무렇지도 않게 사내의 손목을 잘라낸 그의 모습이 너무도 끔찍했다.

장택근의 고함 소리에 이와이 슈지가 고개를 돌렸다가 이내 문밖을 향해 섰다. 잠깐 사이에 마주친 그의 눈빛에 장택근은 온몸의 털이란 털이 모두 곤두서는 것을 느꼈다.

이미 첫인상 따위는 잊힌 지 오래지만 그 모든 것을 감안해도 지나칠 정도로 무감정하고 번들거리는 눈빛이 그의 머릿속에 깊이 각인되었다.

샛노란 눈동자가 마치 자신이 아마존을 헤매던 무렵으로 돌아온 듯한 기분을 느끼게 만들었다.

맹수, 그는 검은 재규어가 두렵다고 말했지만, 그 자체가 이미 한 마리의 맹수나 다름없었다.

문밖에서 사내의 일행 것으로 추정되는 고함 소리가 들려왔다. 억양이 강한 일본어인지라 장택근은 전혀 알아듣지 못했지만 의미만큼은 알 수 있었다.

사내들은 자신만큼이나 놀랐을 게 분명했다. 좋지 않은 목적일 게 분명했지만, 자세한 정황까지는 알 수 없는 와중에 이와이 슈지가 대뜸 동료의 손목을 날려 버렸으니 당황하지 않는 것이 도리어 이상했다.

그런 사내들의 고함 사이로 이와이 슈지의 낮은 음성이 들려왔다. 이번에도 무슨 말인지 알아들을 수 없었지만 그 거친 음성에 담긴 것은 명백한 살의이고 적의였다.

마치 영역을 침범당한 맹수처럼 목울대를 낮게 울려대는 그의 음성이 낯설면서도 지독스러울 정도로 익숙했다.

"꺄아악!"

그렇게 넋을 놓고 상황이 흘러가는 대로 지켜보고 있던 장택근은 순간적으로 자신의 귀를 의심했다. 높고 뾰족한 비명 소리가 어쩐지 귀에 익은 탓이다.

이 시간, 이런 곳에서 만날 리 없는 이의 목소리에 그는 저도 모르게 뛰쳐나가려다 손목을 잡는 손길에 걸음을 멈췄다.

가는 손목을 타고 훑어 올라가니 이제는 더 놀랄 일도 없는지 다소 멍한 얼굴을 한 이지원이 그를 보며 고개를 젓고 있다.

"잠깐만."

잠시 망설이던 그가 그녀의 손을 뿌리치고는 문을 향해 달렸다.

경황 중이라 저도 모르게 피가 가득 고인 바닥을 밟고 미끄러질 뻔한 그가 간신히 균형을 잡고는 이와이 슌지의 어깨너머를 바라보았다.

"김 대표님?"

한쪽 손목을 부여잡고 비명을 질러대는 사내와 그런 사내를 보고 비명을 질러대는 김인숙이 거기에 있었다.

김인숙은 정신이 없었다. 장택근의 행방을 좇아 산속의 오두막을 찾아왔다. 도대체 이런 외진 곳에 무슨 용무가 있어 온 것인지 이유를 알 수가 없었다. 산을 오르는 도중에 망가져 버린 구두를 벗어 흙 따위를 털어내며 일행이 산장 문을 우악스럽게 두들겨 대는 것을 보았지만 그녀는 그를 말리지 않았다.

예의 따위는 잠시 미뤄두어도 좋았다. 오냐 오냐 해주니 제멋대로 굴어대는 애물단지의 기를 조금은 죽일 수 있을 거라 생각한 탓이다.

이 험상궂은 사내들이 장택근의 행방을 찾아준 것이기도 하거니와 애초에 그들을 대동하고 이 험한 곳까지 온 이유가 바로 그것이었다.

회사 알기를 우습게 여기고 세상 무서운 줄 모르는 애송이의 콧대를 눌러주기 위해서였다.

그런데 그 단순한 시위가 참사가 되었다.

문이 벌컥 열리더니 이내 일행이 균형을 잃었다. 그리고는 비명을 지르며 나뒹구는데 그의 손목이 댕강 잘려 나갔다.

좋은 꼴만 보고 살아온 인생도 아니고 철 덜 든 계집아이처럼 대수롭지 않은 일로 호들갑을 떠는 성격도 아니었다.

그럼에도 불구하고 손목이 날아간 채로 비명을 질러대는 사내의 모습은 충격 그 자체였다. 스스로 상황이 어떻게 된 것인지 판단하기도 전에 이미 자신은 찢어져라 비명을 지르고 있었다.

평소 자신해 오던 여유있는 비즈니스 우먼의 가면이 단번에 벗겨져 나가고 그 자리를 볼썽사나운 자신이 대신했다.

"김 대표님?"

문을 열고 나타난 사내의 모습에 얼이 빠져 비명만 고래고래 지르고 있는데 어디선가 낯익은 목소리가 들려왔다.

저승사자처럼 자신들을 내려다보는 사내의 모습에 당장에라도 도끼에 제 목이 날아갈 듯한 공포를 느끼고 있던 그녀는 목소리의 주인을 발견하고는 비명을 멈췄다.

"태, 택근 씨!"

그녀의 말에 장택근이 살벌한 눈빛을 한 사내를 제치고 뛰쳐나왔다.

"이게 무슨……?"

자신의 방문이 뜻밖인지 눈동자가 흔들리는 그가 떨떠름한 음성으로 입을 열었다.

"대체 여긴 어떻게 알고……."

그가 자신에게 아는 체를 하자 문틈에 버티고 서 있던 사내의 얼굴이 변했다. 방금 전 멀쩡한 사람을 손 병신으로 만든 이라고는 생각할 수 없는 평온한 얼굴을 한 그가 입을 열었다.

"아, 미스터 장 손님이었나? 이거 참 곤란하게 됐네."

그 천연덕스러운 말에 그녀가 턱을 쭉 빼고는 딸꾹질을 시작했다.

*　　　*　　　*

너무도 정신이 없던 탓일까. 김인숙은 문득 정신을 차리고 보니 오두막의 안에 있었다. 다소 기괴하지만 그럭저럭 봐줄 만한 장신구들이 잔뜩 걸린 벽 하며 타닥타닥 소리를 내며 타오르는 벽난로며 언뜻 보기에는 꽤나 안락한 풍경이다.

하지만 코끝을 찔러대는 비릿한 피 냄새와 이상할 정도로 귀를 파고드는 일행의 신음성이 그녀를 숨 막히게 만들었다.

"그쪽 식구들이면 지금 야스오가 오얀가?"

"네? 네, 맞습니다."

"이거 따지고 보면 남도 아닌데 한 식구한테 몹쓸 짓을 했네."

"아닙니다. 이와이 님의 거친 줄도 모르고 저희가 실례했습니다."

이와이라 불린 사내와 자신의 일행이 대화를 나누는데 세상 무서울 것 없는 듯하던 사내가 바짝 얼어서 대답도 제대로 못하고 있다.

"대표님?"

"아?"

그들의 대화를 엿듣다가 그만 대화의 맥을 놓쳐 버린 김인숙이 드물게 얼빠진 소리를 내뱉었다.

"여긴 대체 어쩐 일로……."

관자놀이를 꾹꾹 눌러대는 장택근의 얼굴을 보니 뒤늦게 자신이 이곳에 온 목적을 기억해 낼 수 있었다. 김인숙이 뒤늦게나마 숨을 가다듬고 이야기했다.

"내일이 시사회인데 아직도 여기서 이러고 있으면 어떻게 해. 회사가 지금 어떻게 돌아가고 있는 줄이나 알아?"

처음의 계획과는 완전히 달라져 버리고 말았다. 기고만장해 제멋대로 구는 배우의 코를 납작하게 눌러주겠다 마음먹고 무리해서 음지의 사람들까지 데리고 왔다가 저런 거물을 만난 것이다.

자신만큼이나 주눅이 들어 쩔쩔매는 일행의 모습에 그녀의 목소리가 덩달아 기어들어 갔다. 하지만 다행이라면 다행인지 장택근은 이 상황에서 주도권 싸움을 할 생각이 없어 보였다.

"원래는 내일 새벽에라도 돌아가려고 했는데, 이렇게 된 이상 지금 가야겠네요. 어차피 더 얻을 것도 없고."

마지막 말이 무슨 뜻인지 파악할 수는 없었지만, 김인숙은 질린 얼굴로 고개를 끄덕였다. 당장 한시라도 빨리 이 끔찍한 곳을 벗어날 수만 있다면 아무래도 좋았다.

"미안하게 됐어. 야스오에게는 내가 따로 말해두도록 하지."

"아닙니다. 이렇게 이와이 님을 만난 것만으로도 영광입니다."

멀쩡한 사람의 손모가지가 날아갔는데 뭐가 영광이라는 것인지 도무지 이해할 수 없는 사내들의 대화에 그녀는 미칠 것만 같았다.

당장 병원으로 달려가야 할 판인데 저렇게 시답잖은 대화를 나누고 있을 시간이 어디 있겠는가.

"지원아, 너도 같이 가자."

그러고 보니 실종됐다 알려진 이지원도 이 자리에 있다. 도대체가 상황이 어떻게 된 것인지 파악할 수 없어 김인숙은 빨리 가자는 말만 반복했다. 하지만 그녀의 말에 엉덩이를 일으킨 것은 수건 따위로 팔뚝을 묶고 끙끙거리고 있던 사내 하나뿐 다른 이들은 끝까지 늑장을 부렸다.

그래도 어찌어찌 오두막을 나설 수 있던 김인숙이다. 망가진 구두에 발목이 부어오르는데 그조차도 느끼지 못하고 뭐에 홀린 듯 산을 내려간 그녀는 검은 세단에 올라타고 나서야 한숨 돌릴 수가 있었다.

"켄지, 그냥 운이 나빴다고 생각해. 이와이 슈지를 만나고 팔목 하나 상납한 정도면 약과다. 어쩌면 무용담이 될지도 모르지. 그리고 오야께서도 이와이 슈지가 그랬다고 하면 널 책임져 줄 거다."

"도쿄의 악령이 왜 여기에……."

점점 이해할 수 없는 이야기를 해대는 사내들을 보며 김인숙은 혼란스러운 얼굴로 고개를 숙였다.

"일단 근처의 병원부터 가야겠네요."

장택근이 그렇게 말하는데 그의 품에 안긴 이지원이 오들오들 떨고 있다. 평소 보아오던 모습과는 완전히 달라진 그녀의 모습을 보며 김인숙이 입을 열었다.

"택근 씨는 왜 여기에 있고 또 지원 씨는 또 왜 저… 아니다. 돌아가서 얘기하자."

아직도 끈적끈적하게 달라붙어 떨어질 것 같지 않은 이와이 슈지라는 사내의 눈빛이 진저리가 나 김인숙이 입을 다물었다.

"네, 할 수 있다면 돌아가서 설명할게요."

그렇게 말한 장택근이 이지원을 품에 안고 다시 괜찮다는

말을 반복하기 시작했다. 그 모습을 복잡한 심사로 흘겨보던
그녀가 고개를 절레절레 저으며 창밖으로 시선을 두었다.

비포장도로가 끝이 나고 가로등이 늘어선 도로에 차가 올
라서자 한층 마음이 놓였다. 머릿속으로 이런저런 생각을 정
리하며 창밖을 바라보고 있던 그녀가 눈을 동그랗게 떴다.

"어?"

샛노란 불빛이 자신을 향해 달려들고 있었다. 갑작스러운
상황에 채 적응하지 못한 시야가 하얗게 바래는데 순간적으
로 온 내장이 흔들릴 듯한 충격이 그녀를 덮쳤다.

"꺄아아아아악!"

저도 모르게 비명이 터져 나오고 이내 의식이 끊기고 말았
다.

*   *   *

장택근은 지독스러운 통증에 비명이라도 지르고 싶은 심
정이었지만 무언가에 짓눌린 듯 소리가 나오지를 않았다. 흐
릿한 시야로 보이는 것이라고는 눈을 태울 듯한 라이트뿐이
다. 귀는 고막이 나간 것인지 삐이이 하는 이명이 사라지지를
않고 속이 울렁거렸다.

"으으……."

차가 뒤집힌 모양인지 이리저리 내동댕이쳐진 이들의 모습이 보인다. 시야가 회복되지를 않아 누가 누구인지 알 수는 없었지만 언뜻언뜻 보이는 검은 옷자락을 보니 김인숙과 함께 온 사내들이지 싶었다.

끔찍한 고통을 참아내며 그는 몸을 비틀었다. 엉망진창으로 구겨져 있던 몸이 조금은 펴지는데 배꼽 위쪽에 지독스러운 통증이 느껴지는 게 어딘가에 깊게 베이거나 찔린 모양이다. 하지만 그는 자신의 통증에 신경 쓸 겨를 따위는 애초부터 없었다.

'이지원, 지원이는……'

사고 당시에 반사적으로 온몸을 던져 그녀를 감싸 안기는 했지만, 이렇게까지 차량이 박살이 났을 정도면 그녀가 무사할지 알 수 없었다.

정신없이 눈을 굴리던 그는 차 뒷좌석의 끄트머리에 걸린 누군가를 보고는 숨을 들이켰다. 가느다란 다리에 이리저리 흐트러진 머리를 보며 부디 그녀가 이지원이 아니기를 빌고 또 빌었다. 그녀가 만약 이지원이라면 이미 이 세상 사람이 아닐 테니까.

기괴하게 꺾여 버린 고개를 가만히 바라보고 있는데 이상한 각도로 접힌 발목에 걸쳐진 구두가 보였다. 엉망진창으로 망가진데다 흙 따위로 잔뜩 더러워진 구두, 김인숙의 구두였다.

안타까운 마음보다 안도하는 마음이 더욱 컸다. 그녀가 이지원이 아니라는 것에 감사하며 그는 이리저리 눈을 돌리다가 이내 어이없다는 얼굴을 해보였다.

충격 때문인지 몸에 감각이 없던 탓일까. 자신의 품에 꼭 안겨 있는 이지원을 뒤늦게 발견했다. 마음대로 돌아가지 않는 고개 탓에 시야가 자유롭지 않으니 이제야 그녀를 발견한 모양이다.

완전히 부러졌는지 움직이지 않은 왼손을 그대로 둔 채 그는 오른손만으로 이지원을 품에서 떼어냈다. 잔뜩 찌그러지고 뒤집혀진 차량 안에서 움직이느라 손 하나 까딱하는 것조차 여의치 않았지만, 그는 끙끙대며 용을 쓰다가 간신히 해낼 수 있었다.

다행이다.

겨우 품에서 떼어낸 그녀의 얼굴은 평안했다. 잔상처야 있겠지만 크게 다친 곳 없이 의식을 잃은 그녀를 보며 그는 몇 번이고 감사하다 말했다.

대체 누구를 향한 것인지 모를 기도와 감사였지만 그는 미친 사람처럼 중얼거렸다.

아무래도 자신과 이지원을 빼고는 전부 즉사한 듯했다. 자신 역시 아마존에서 얻은 강인한 육체가 아니었다면 이미 이 세상 사람이 아니리라.

그렇게 생각한 그가 이리저리 몸 상태를 살펴보고 있는데 자신의 품에 안겨 있는 이지원의 몸이 덜컥거렸다.

정신을 차렸나 하고 반색을 한 그는 그녀의 얼굴이 여전히 꼭 눈을 감은 모습이라는 것을 깨닫고는 어리둥절해졌다. 가만히 그녀를 살펴보니 그녀의 오른손이 삐죽 창밖을 향해 삐져나가 있다. 그리고 그 삐져나간 가늘디가는 손목을 부여잡은 누군가의 손이 보였다.

"누, 누구 있어요? 도… 와주……."

이곳이 일본이라는 것도 잊어버리고 그가 필사적으로 목소리를 쥐어짜 내는데 이지원의 몸이 다시 들썩거렸다. 그 바람에 틈이 조금 벌어졌는지 장택근은 고개를 돌릴 수가 있었다.

"도와……."

다시 한 번 안간힘을 다해 도움을 청하던 그가 말을 멈췄다. 이지원의 손목을 부여잡은 손을 따라 고개를 따라 올리니 익숙하면서도 낯선 존재가 자신을 바라보고 있다.

"꺼내 달라며."

귀에 익은 한국말이지만 어쩐지 처음 듣는 것처럼 생경했다. 그 목소리 또한 자신이 아는 누군가의 음성일진대 이상할 정도로 생소했다.

사고 시에 본 차량의 라이트를 등지고 있던 탓에 얼굴까지 자세히 본 것은 아니지만, 그는 머리를 스치고 가는 영상이 있어 온몸이 차갑게 식어 내렸다.

귀밑까지 쭉 찢어진 주둥이가 흉물스럽던 영상 속의 인물, 그 인간 같지 않은 모습이 지금 이 순간 생생하게 떠올랐다.

"꺼내 달라니 꺼내 줘야지."

조롱과도 같은 음성에 장택근은 저도 모르게 이지원을 꼭 끌어안았다. 갈비뼈가 몇 대나 나간 것인지 가슴께가 으스러질 듯 통증이 느껴졌지만 그는 이를 악물고 참아냈다.

다시 이지원의 몸이 덜컥거리며 차 밖으로 끌려 나가려다 장택근의 저지에 멈추고 말았다. 다시 몸이 덜컥거리고 장택근이 잡아당긴다.

왠지 여기서 그녀를 놓았다는 다시는 볼 수 없을 거란 예감이 들었다. 필사적으로 그녀를 품에 안고는 그녀의 가는 손목을 잡아당기는 우악스러운 손길에 저항하고 또 저항했다.

하지만 피를 너무 많이 흘린 탓인지 조금씩 의식이 흐려져 간다. 이지원을 꼭 끌어안은 손에 힘이 빠져나가고 시야가 조금씩 까맣게 죽고 있었다.

덜컥덜컥.

하지만 이지원을 끄집어내려는 정체불명의 손길은 여전했다.

이제는 완전히 남의 몸처럼 느껴지는 자신의 몸이 감각이 하나도 없다. 그렇게 그녀를 잡은 손이 천천히 풀려 가는데 그녀의 몸은 여전히 덜컥거리며 조금씩 차량 밖으로 빠져나가고 있었다.

'안 돼. 제발… 누가 좀…….'

필사적으로 의식의 끈을 부여잡았지만 결국 그는 정신을 잃고 말았다.

에필로그

사망자 24명, 실종자 3명.

한동안 대한민국을 떠들썩하게 만들던 아마존의 저주는 괴담처럼 사람들의 머릿속에서 천천히 지워지고 말았다. 애초에 대중이라는 것이 금세 또 다른 흥밋거리에 치중하는지라 실종자 중 두 명이 제아무리 대한민국을 들었다 놨다 하는 톱스타였다고 해도 이 사실은 변하지 않았다.

간간이 그들이 출연한 영화들을 볼 때면 그런 일이 있었지 하고 추억할 뿐이었다.

〈도살자〉, 〈심장이 뛴다〉 단 두 편의 영화를 찍었지만, 소름 끼치는 연기력으로 대한민국을 넘어 세계까지 뻗어가던 장택근의 이름은 그렇게 잊히고 말았다. 아무리 심장이 뛴다를 통해 인종과 국적을 초월한 명연기로 이름을 알렸다고 한들 활동 기간이 너무도 짧았다.

하지만 그 짧은 활동 기간만큼이나 그를 강렬한 기억으로 추억하는 이들이 있었다. 벌써 그들의 실종으로부터 7년이란 시간이 흘렀지만 그렇게 몇몇 이는 혜성처럼 나타나 별똥별처럼 사라진 그를 기억했다.

이선영 역시 그런 이들 중 하나였다.

한때 연기자가 되겠다고 방송국 인근의 커피숍을 뻔질나게 드나들던 그녀가 장택근을 만난 것은 어쩌면 운명이리라. 연예인을 동경한 나머지 참으로 철없이 굴던 시절이다.

지금 생각해 보면 지우고 싶을 정도로 부끄러운 기억이지만, 그녀는 한편으로는 그 무모하고 우스꽝스러운 치기 덕에 장택근을 만날 수 있었으니 마냥 나쁜 시절만은 아니었다.

물론 그 당시에는 그가 장택근이라는 연기자라는 것도, 또 그가 그렇게나 세상을 떠들썩하게 만들 정도의 연기자라는 것은 몰랐다. 다만 멀끔하게 생겨 척 보아도 관리를 받은 이라 연예인이 아닌가 싶어 되도 않을 치기를 부렸을 뿐이다.

그런 자신에게 그는 꽤나 살갑게 대해줬지.

가만히 생각에 잠겨 있던 그녀는 문득 누군가가 다가오는 것을 느끼고는 생각에서 깨어났다.

"진짜 갈 거야?"

선배 PD 김춘식이 걱정스러운 얼굴로 대뜸 물어왔다.

"네, 갈 거예요."

그녀의 확고한 대답에 그가 고개를 절레절레 젓더니 다시 한 번 만류했다.

"아니, 남자 PD들도 가기 싫어하는 데를 자기가 왜 가? 그 것도 누가 밀어 넣은 게 아니라 본인이 기획한 거라면서?"

"꿈이었으니까요."

한때는 연예인을 꿈꿨을 정도로 빼어난 외모의 그녀인지라 김춘식의 얼굴에 사심 가득한 염려가 담겨 있다.

"대체 장택근이 뭐라고……. 이제 사람들도 그 친구를 기억 못해."

그의 말에 이선영의 얼굴이 뾰족하게 변했다. 방송국의 동료라면 누구나 아는 장택근의 팬인 그녀다. 그런데 그런 그녀의 심사를 건드려도 제대로 건드렸다. 눈을 치켜뜨고는 숨을 씩씩거리는 그녀의 모습을 본 김춘식이 뒤늦게 실수를 알아차리고는 되는 대로 말을 주워섬겼다.

"아니, 그게 아니라… 실제 거기 촬영 갔던 팀들 전부 죽었다면서. 그 위험한 델 왜……."

"다 안 죽었거든요! 장택근! 이지원! 진재영! 셋은 실종이라고요!"

그녀의 날카로운 목소리에 다른 PD들이 눈을 동그랗게 떴다가 이내 상황을 파악했는지 고개를 절레절레 저으며 제 할일을 했다. 이미 몇 번이나 이런 식으로 소란을 떨었던지라 그들에게는 익숙한 일이다.

"아니, 어쨌든 그 사람들도 실종자의 길 촬영하다가 그렇게 된 거라며."

괴담이니 뭐니 해도 사실상 장택근 일행의 참사가 널리 알려진 뒤로는 대한민국의 물불 안 가린다는 오지 체험 다큐멘터리 감독들도 어지간해서는 아마존 쪽으로는 고개도 돌리지 않는 실정이었다.

일단 진실 여부를 떠나 드러난 정황이 너무도 끔찍하니 다들 몸을 사리는 것이다. 그런데 그런 곳을 교양국의 꽃이라 불리는 이선영 PD가 간다니 그의 입장에서는 말리고 싶은 게 당연했다. 내심 그녀에 대한 호감 역시 한몫을 했다. 어지간해서는 그녀의 비위를 맞춰주던 그도 이번만큼은 강력하게 만류했지만 그녀는 요지부동이었다.

"제가 애초에 PD가 된 것도 이것 때문이라니까요. 언젠가 장택근의 발자취를 좇아가보는 거. 혹시 알아요? 제가 실종자의 길에 얽힌 비밀도 밝혀내고 또 실종된 사람들도 찾아낼 지."

어지간히 성이 난 그녀였지만, 뒤늦게 김춘식의 본심을 알아차리고는 부드럽게 그를 타일렀다.

결국 김춘식이 손발을 다 들고, 마지막까지 그녀를 말리던 이가 그렇게 떨어져 나가니 더 이상 그녀의 발목을 붙잡는 이는 없었다.

다만 다큐멘터리 팀을 꾸리는 데 애를 먹었을 뿐이다. 전적이 있으니 다들 그녀를 따라 실종자의 길을 찾는 데 꺼려지는 모양이다. 당장 장택근 일행이 호기롭게 나섰다가 그 꼴이 났으니 정상적인 사고방식을 가진 이라면 누구나 고개를 저을 것이다.

하지만 어디를 가도 다소 사고가 특이한 이들은 있게 마련이다. 시사교양국의 이선영이 그러했고 촬영 베테랑 배기성이 그러했다. 사막이고 빙하를 찍는 것은 이제 지겹다며 녹색을 화면에 담아낼 거라 호언장담하던 그가 별다른 고민도 없이 덜컥 그녀의 촬영팀에 합류했다.

그 뒤로는 일사천리였다. 그간 남들이 꺼리는 온갖 오지에 들어서서도 무탈하게 돌아온 배기성인지라 사람들이 슬금슬금 붙기 시작했다.

"배 감독님이 보물이라니까요!"

기분이 좋아진 이선영이 그렇게 엄지를 추켜세우니 그가 껄껄거리며 웃어댔다.

"근데 코스하고 일정은 다 잡았어? 그쪽 관리사무소 가서 안내인도 구해야 하고 여러 가지 일이 많을 텐데."

오지 체험을 한두 번 간 것이 아니라 그런지 역시나 배기성은 꼼꼼했다. 하지만 꼼꼼한 것으로 따지자면 이선영 역시 매한가지인지라 그의 말에 지지 않고 대꾸했다.

"이를 말이라고요. 벌써 그쪽 당국에 연락해 놨고, 코스는 나윤섭 PD와 촬영팀이 갔던 그대로 갈 겁니다. 베이스캠프도 당시 그 팀이 쓰던 게 남아 있어서 그대로 쓸 거고요."

"아니, 아니, 이런 동네는 연락으로는 안 돼. 막상 가보면 일 처리를 개판으로 해놔서 일정 지연되기 십상이라니까. 거 들어보니 예산도 그렇게 넉넉하지 않던데. 그러지 말고 한 명을 미리 보내."

아무래도 부정부패가 만연해 있고 일 처리가 느리기로 유명한 브라질인지라 배기성은 마음이 놓이지 않는 모양이다. 이선영 역시 듣고 보니 또 그런지라 이내 고개를 끄덕이며 선발대로 누굴 보낼지 생각해 봤다.

"현지 통역 겸 안내인은 내가 아는 사람이 있어."

"오, 그럼 좋죠. 안 그래도 그쪽에서 컨텍 온 놈들이 죄다 도둑놈이라서 고민 중이었어요. 이야, 역시 오지 하면 배 감독! 배 감독 하면 오지라더니 장난 아니시네요. 완전 든든합니다."

과연 이제야 뭔가 잘 돌아간다고 느낀 이선영이 기분이 좋아져 평소 하지 않던 입에 발린 소리마저 했다. 말투는 사내 같아도 그래도 일단은 예쁜 여자의 칭찬인지라 마주 웃어 보였다.

그렇게 착착 아마존을 촬영할 다큐팀의 인원과 일정, 계획에 살이 붙었다.

＊　　　＊　　　＊

어느덧 시간이 흘러 이선영이 아마존을 향해 출발하기까지 하루가 남았다. 당분간은 얼굴도 보기 힘들 것 같아 그를 어여삐 여기는 선배 PD들이 조촐하게 술자리를 만들었다.

한번 촬영을 나갔다 하면 오만 곳을 싸돌아다니는 다큐멘터리 감독답게 단체로 얼굴 보기가 힘든지라 군데군데 빈자리가 보이기는 했지만 자리는 제법 사람들로 붐볐다.

덕분에 좀처럼 얼굴 보기 힘든 선배들도 볼 수 있어 이선영은 기분이 좋았다.

"진짜 가?"

"그럼 진짜로 가지 가짜로 가겠어요? 일이 장난도 아니고."

이미 술이 불콰하게 올라온 그녀가 기분 좋게 대꾸했지만 김춘식의 얼굴은 영 좋지 않았다.

"아오, 얼굴 좀 펴요. 진짜 죽으러 가는 것도 아니고. 다른 사람들은 내전 지역도 잘만 다니는데 왜 유독 나한테만 그래요?"

하도 죽상을 하고 있으니 그녀가 신경질을 부리는데 어쩐지 떠들썩하던 분위기가 단번에 가라앉았다. 어쩐지 살면서 몇 번인가 겪어온 익숙한 분위기에 그녀가 재빨리 입을 열려는데 김춘식이 빨랐다.

"몰라서 물어?"

"아, 알았어요, 알았어요. 그만하고 술 마십시다. 오늘 기분 좋은 자린데."

재빨리 수습한다고 했지만 그는 이미 작정을 한 것인지 단호하게 말했다.

"인마, 내가 너 좋아하는 거 너도 알잖아."

결국 이렇게 됐다. 전부터 호감을 보여오던 그인지라 고백이 갑작스러운 것은 아니지만 적어도 지금은 타이밍이 아니었다. 평생의 꿈이던 촬영을 가기 전날 기분 좋은 술자리에서 이 무슨 짓이란 말인가.

사내의 이기적인 감정 표현에 표정 관리가 힘든 그녀가 말 없이 술만 들이켜는데, 눈치 없는 선배들이 환호를 보내며 분위기를 부추겼다.

"넌 진짜 나한테 아무 감정 없어?"

"아, 진짜 왜 이래요, 사람 불편하게!"

　결국 참지 못한 그녀가 소리를 버럭 지르니 흥겨웠던 분위기가 금세 싸늘하게 식어버렸다.

"인마, 선영이 너, 아무리 선배들이 잘해준다고 해도 그러는 거 아니야. 말을 어떻게 그렇게 해."

"그래, 인마. 사람 감정을 뭘 그리 매몰차게……."

　덕분에 듣지 않아도 될 훈계를 듣고 말았다. 속으로야 오만 욕을 다 하고 있었지만, 그래도 위계질서가 있는 방송국 생활을 이어가야 하니 그녀가 고개를 숙이며 사과를 했다.

"춘식이한테 사과해. 우리한테 말고."

　결국 같지도 않은 사랑 놀음에 기분만 상한 그녀가 김춘식을 똑바로 바라보며 또박또박 말했다.

"죄송합니다. 건방지게 말해서."

　그래도 그의 고백에 대한 대답은 하지 않았다. 거기까지는 선배들도 어쩔 수 없는지 혀를 차며 고개를 저어댈 뿐이다.

　분위기가 이상해지자 당황한 김춘식이 괜스레 그녀를 보

기가 미안해져 고개를 숙이고 마주 사과하고는 술을 들이
켜기 시작했다. 그녀 역시 술을 마구 들이켜 대고 분위기를
수습한답시고 선배들이 시끄럽게 흰소리를 해대기 시작했
다.

*   *   *

"아직도 속 안 좋아?"

입국심사대를 넘은 이선영에게 배기성 감독이 물었다.

"말도 마요. 물만 먹어도 토할 거 같으니까."

결국 전날의 술자리가 어색하게 폭음으로 끝이 나고, 김춘
식과는 별다른 이야기도 하지 못한 채 출국하고 말았다. 휴대
폰도 너무 취한 나머지 충전을 하지 못하고 덜렁덜렁 충전기
랑 캐리어에 넣어왔으니 다음에 휴대폰을 켰을 때 어떤 문자
가 있을지 걱정이 될 지경이다.

"그러게 촬영 전날 그렇게 달리는 사람이 어딨어?"

"내가 달리고 싶어서 달렸나. 사람들이… 끄응! 그냥 말을
말죠."

괜한 개인사까지 떠들어대기 뭐한지라 그녀가 말을 멈추
고는 속속들이 모여드는 스태프들을 챙겼다.

"석호는 가서 장비 빠진 거 없는지 챙기고, 나머지 애들은

짐 제대로 체크해. 밀림에 들어갔는데 뭐 없다, 뭐 없다 이런 소리 하면 가만 안 둬."

가뜩이나 기분이 좋지 않던 그녀가 불호령을 내리니 스태프들이 이리저리 분주하게 움직이기 시작했다.

"현지 안내인은 왜 안 와요? 이름이 뭐였더라?"

"아, TK? 금방 올 거야."

"어휴, 이름이 TK가 뭐야, TK가. 지가 래퍼야?"

그녀의 되도 않을 불평에 배기성이 낄낄거리며 웃어대다가 갑자기 손을 번쩍 치켜들었다.

"호랑이도 제 말 하면 온다더니 저기 왔네. 저 사람이야."

이미 사전 답사를 온답시고 한번 다녀간 배기성인지라 단번에 안내인을 알아보고는 손짓했다.

"엑! 뭐 저렇게 후줄근해요?"

그의 손짓에 자신들을 향해 다가오기 시작한 한 사내를 본 이선영이 질겁했다. 온 얼굴을 다 가린 수염에 봉두난발, 옷차림은 그나마 깔끔한 게 완전히 거지처럼 보이지는 않았다.

"저 사람 저거 믿을 수 있어요? 완전 노숙잔데? 사기 치는 거 아냐?"

"쓸데없는 소리 하지 마. 저 사람이 그래도 마나우스에서는 제일 유명한 사람이야. 어지간한 팀은 전부 저 사람 끼고 아마존에 들어가."

혹시라도 그녀의 말이 들릴까 걱정이 된 배기성이 눈치를 주며 말하니 그녀가 입을 삐죽이다가 도로 다물었다.

"오, TK 씨. 안녕하세요? 오늘은 그 예쁜 아가씨가 안 보이네요."

"아, 와이프는 지금 다른 쪽에 일이 좀 있어서……."

"그래요? 뭐 일이 있다는데, 하하하! 아, 이쪽은 내가 전에 말한 그 이선영 PD입니다. 선영 씨, 이쪽은 우리를 안내해 줄 TK 씨야."

생각과는 달리 듣기 좋은 중저음에 잠시 눈을 동그랗게 뜨고 있던 그녀가 배기성의 소개에 황급히 고개를 숙여 보였다.

"반갑습니다. 이번 촬영의 총책임자인 이선영입니다."

"네, 반가워요. TK라고 불러주세요."

TK란 사내의 인사에 이선영이 어쩐지 멍한 얼굴을 해 보였다.

어디선가 본 것 같은데…….

이상할 정도로 익숙한 느낌에 그녀가 고개를 갸웃거리는데 장비를 챙기러 나갔던 스태프들이 그녀를 불렀다.

"장비 다 확인했습니다! 빠진 거 없고 파손된 것도 없어요!"

생각에서 깨어난 그녀가 잠시 양해를 구하고는 스태프들

을 향해 뛰어갔다.

"두 번 세 번 확인했어? 진짜 가서 뭐 없으면 다 죽는다!"

*　　　*　　　*

정신없이 스태프들을 닦달하는 이선영을 바라보던 사내 장택근의 눈에 아련한 빛이 떠올랐다. 한 달 전에 뜬금없이 자신을 찾는 한국인이 있다 하여 만나봤더니 한국의 다큐멘터리 촬영팀이란다.

거기까지는 아무래도 좋았다. 그간 뜸해지기는 했지만 이래저래 촬영팀들이 아마존의 언저리나마 촬영한 적이 있으니까.

그런데 황당하게도 자신에게 내민 촬영 코스가 익숙했다. 일전에 나윤섭 PD를 앞세우고 다큐멘터리를 찍는답시고 들어간 바로 그 코스였다.

하다못해 베이스캠프까지 똑같이 배정한 계획서를 보며 그가 눈살을 찌푸리고 있는데, 배기성이라 이름을 밝힌 사내가 쭈뼛대며 말했다.

"코스가 좀 그런가요? 이게 기획 자체가 일전의 사고가 있던 촬영팀의 흔적을 좇는 거라서요. 아, 외국에 계셔서 모르시려나. 한참 떠들썩한 적이 있었거든요. 유명 배우가 여럿 죽고 사라진 사건이라서……."

자신의 표정을 오해한 것인지 그가 주절주절 떠들어댔다. 아무래도 아마존의 저주니 뭐니 흉흉한 소문이 있는 곳이니만큼 꺼린다고 생각한 모양이다.

"코스는 상관없습니다."

상관이 없다 뿐인가. 오히려 바라던 바다. 아마존의 저주를 풀기 위해 마나우스에 자리를 잡은 것이 벌써 7년이 다 되어간다. 처음에는 그저 잡부로 그들을 따라다니다 나중에는 밀림의 길을 익혀 안내인을 자처하며 살아왔다.

실종자의 길 근방에라도 가는 팀이 있으면 합류하여 온 밀림을 헤집고 다녔다. 필요에 따라 무보수로 일한 적도 있었다. 그렇게 헤매고 헤맸지만 여전히 저주는 자신들을 따라다녔고 그 이유를 알 수가 없었다.

그래도 그는 밀림을 뒤지는 것을 멈추지 않았다. 도시 속에서 풀지 못한 저주의 실마리가 분명 저 지긋지긋한 녹색 미로 속에 있을 터, 하루라도 편하게 잠을 잘 수만 있다면 저 저주스러운 곳으로 몇 번이고 되돌아갈 생각이다.

그래서 그들의 요청을 수락했다.

그가 꿈에도 바라 마지않던 코스 그대로를 따르는 그들의 일정을 거부할 이유가 없었다. 안내인이라 자신을 소개하고 밀렵꾼으로 돌변하는 강도들이 넘쳐나는 마나우스 시내에서 홀로 밀림을 헤맬 수도 없어 겉핥기로나마 주변을 배회한 지 7년 만에 기회가 온 것이다.

그렇게 기다리고 기다리던 한국의 다큐멘터리 촬영팀을 만난 순간 그는 또 다른 운명을 느꼈다.

8년 전인가 9년 전쯤 본 소녀가 있다. 나윤섭 PD와의 만남 탓에 방송국 인근 커피숍에서 시간을 죽이고 있던 그에게 당돌하게 자신의 이름을 기억해 달라던 소녀, 그 소녀가 훌쩍 장성하여 자신의 눈앞에 나타났다.

이제는 소녀라기보다는 완숙한 여인이라는 느낌의 모습이지만 당차고 거침없는 모습은 그때와 꼭 같았다. 대관절 왜 연기자가 아닌 PD가 되어 나타났는지까지는 알 수 없었지만 그는 이내 신경을 껐다.

지금 그에게 중요한 것은 근 10년을 자신과 그녀를 괴롭혀 온 아마존의 실마리를 풀 기회가 왔다는 것이다.

"자! 장비 챙겼으면 차량으로 이동하겠습니다!"

촬영팀의 스태프들이 법석을 떠는 것을 바라보던 그가 이내 사람들을 안내하기 시작했다. 14인승 미니버스가 비좁다고 들어찬 장비에 떠밀린 스태프들이 불만을 표했다.

"조금만 참아주십시오. 내일은 조금 더 큰 놈으로 준비해 오겠습니다."

"그럴 거 없어요. 내일은 나하고 몇몇 사람만 이동하고 나머지는 숙소에 있을 거니까."

낭랑한 목소리에 장택근이 룸미러를 보니 이선영이 물끄러미 그를 바라보고 있다.

"할 일이라고 해봐야 내일은 마나우스 관리사무소 가서 몇 가지 서류 받아오는 게 다니까요."

말을 하면서도 시선을 내내 놓지 않는 그녀의 모습에 장택근은 쓴웃음을 지어 보였다. 희미하게나마 자신에 대한 기억이 남아 있는 모양이다. 누군가가 자신을 기억해 주는 것은 기분 좋은 일이지만 지금은 정체가 밝혀져서 좋을 게 없었다.

"우리 혹시 어디서 본 적 없어요?"

"그럴 리가요. 혹시 이 감독님, 브라질 온 적 있으세요? 저는 한국 가본 적이 없거든요."

시치미를 뚝 떼니 그녀가 금세 속아 넘어가 한숨을 내쉬었다. 어쩐지 아쉬워하는 그녀의 눈치에 그가 모른 척 물어보았다.

"왜요? 제가 누구 아는 사람 닮았어요?"

"아, 네. 좀⋯⋯."

상심한 듯한 그녀의 말투에 그가 피식 웃어 보이고는 차를 몰아 호텔로 향했다.

     *   *   *

다음 날은 마나우스의 관리소를 다녀오느라 장택근과 이
선영은 내내 붙어 있어야만 했다.

"끄응. 남미 놈들, 진짜 순 도둑놈이네요. 저렇게 대놓고
뇌물을 바라는 건 생전 처음 보네요."

"사람 사는 데야 어딜 가도 마찬가지지. 그래도 여긴 좀 심
하다. 그치?"

이선영과 배기성이 주거니 받거니 마나우스 관리소의 부
패한 직원을 욕하는 걸 지켜보던 장택근이 슬쩍 물었다.

"근데 코스는 봤는데 뭐 자세한 기획서나 그런 건 없어요?
보면 혹시 알아요? 제가 도움 될 만한 게 있을지."

그의 말에 이선영의 짜증 가득하던 얼굴이 단숨에 펴졌다.

"아, 안 그래도 보여드리려던 참인데. 여기 있어요."

말뿐이 아닌지 그녀가 냉큼 가방 속에서 종이 뭉치를 꺼내
내밀었다.

"어휴, 이 작가, 운전 중인 거 안 보여? 뭐가 그리 급해. 아
마존이 어디 도망간다던?"

핸들을 잡고 도로를 살펴보는 그에게 불쑥 서류를 내미니
기겁한 배기성이 그녀를 만류했다. 그들이 호들갑을 떠는 사
이에 장택근은 얼굴이 그대로 굳어버렸다.

장택근, 이지원, 진재영.

기획서의 첫 페이지에 낯익은 이름들이 쓰여 있는 탓이다. 배기성이 처음 촬영 일정과 코스를 내밀었을 때 대충 예상은 했지만, 막상 서류를 확인하니 심사가 복잡해졌다.

그들은 정말로 실종자의 길, 그곳에서 희생되었던 이들을 찾아 이곳에 온 것이다. 대부분의 사람이야 한국에서 사고사를 당하거나 했지만 어쨌거나 모든 일의 시발점은 바로 아마존이다. 아마도 부푼 마음으로 이슈거리를 찾아 나섰을 게 분명한 그들의 다소 무모한 계획에 그가 눈살을 찌푸렸다.

말릴 수가 없다. 혹시라도 이 결정으로 그들이 휘말려 든다 해도 자신은 말릴 수가 없다. 당장 지켜야 할 사람이 있는 마당에 한시라도 빨리 저주를 풀어내는 것이 그의 유일한 명제였다.

그 과정에서 어떤 일이 일어나고 누가 휘말리는지를 걱정하는 건 사치에 불과했다. 더군다나 이들은 자신이 등 떠민 것도 아니고 제 발로 스스로 걸어 들어온 이들이 아닌가.

"미안해요. 이 친구가 워낙 이번 일에 사활을 걸어서리……."

표정이 굳은 것을 보고 화가 났다 생각한 것일까. 하기야 주행 중에 운전하는 사람에게 불쑥 서류를 내밀고 시야를 가렸으니 다른 이들이라면 화를 냈을지도 모르겠다.

하지만 오만 생각으로 정신이 없던 장택근은 그저 무덤덤하게 고개를 저어주었을 뿐이다.

*　　　*　　　*

"장비 챙기고, 식수랑 식량 점검하고, 카메라 상태 확인해! 이제까지 촬영한 건 제대로 백업해 두고!"

출발 당일이 되자 호텔 로비는 장비를 체크하고 짐을 나르는 다큐멘터리 촬영팀의 사람들로 분주해졌다.

"뭐 빠뜨린 놈은 가서 버리고 올 줄 알아!"

그간 여유로운 모습으로 일관하던 배기성도 오늘만큼은 바짝 독이 올라 스태프들을 닦달해 댔다. 이제는 정말 밀림을 들어갈 때라 여기서 빠뜨리면 촬영하는 내내 고생해야 한다. 당연히 모든 스태프의 신경이 날카로워질 수밖에 없었다.

"제가 조금 일찍 왔나요?"

"아, TK 씨. 아뇨. 저희가 조금 늦었어요. 조금만 기다리면 다 됩니다."

이리저리 뛰어다니며 스태프들을 들들 볶던 이선영이 장택근의 인사에 건성으로 대답했다. 워낙에 정신이 없어 신경을 쓸 겨를이 없는 것이다. 그렇게 고개를 돌리려던 그녀가 갑자기 다시 그에게 시선을 돌렸다. 아니, 정확하게 말하면 그가 아닌 그의 뒤편에 서 있는 늘씬한 미녀에게 시선을 빼앗긴 것이다.

마나우스의 강렬한 태양에 새까맣게 타긴 했지만 촌스러움보다는 묘할 정도의 건강미가 묻어나는 여인, 기다란 팔다리에 가는 허리, 풍만한 가슴까지 뭐 하나 부족한 것이 없는 아름다움에 놀랐다.

"아, 제 아냅니다. 이번에 안내를 도울 겁니다."

하다못해 얼굴마저 다시 보기 힘들 정도의 미녀인지라 이선영이 얼빠진 얼굴로 장택근의 수염 덥수룩한 얼굴과 그녀를 번갈아 바라보았다.

"걱정 마십시오. 어지간한 사내 두엇 몫은 할 겁니다. 저래 보여도 사격의 고수이고 사냥도 곧잘 합니다."

게다가 유능하기까지 하다니 그녀의 입장에서는 놀랄 수밖에 없었다. 다른 스태프들 역시 한창 분주하게 움직이다가 갑작스레 등장한 미녀를 보고는 손발을 멈췄다.

멍하니 그녀를 바라보고 있던 이선영이 뒤늦게 정신을 차리고는 사람들에게 고래고래 소리를 질러댔다.

"그걸 거기다 넣으면 어떻게 해! 아오! 일 그렇게 할래!"

그녀의 불호령이 보통 사나운 게 게 아니라 스태프들이 찔끔하고는 다시금 손을 분주하게 놀리기 시작했다.

"옛날 생각나네."

"그래? 하긴 우리도 저랬지."

사람들이 부산을 떠는 것을 바라보고 있던 여인 이지원이 어쩐지 아련한 얼굴을 해보이더니 장택근의 말에 슬며시 그의 품에 기댔다.

"돌아가고 싶어?"

"아니라고 하면 거짓말이지. 근데 지금도 나쁘지는 않아."

대한민국을 좌지우지하던 톱스타였다. 그런 그녀가 이런 오지에서 험난한 정글을 헤매고 있다니 어쩐지 속이 상한 장택근이 그렇게 물으니 이지원이 시원시원하게 대답했다.

"근데 얼마나 지났다고 벌써 사람들이 날 못 알아보네. 자기야 수염도 기르고 가릴 거 다 가렸다지만 난 가리지도 않았 잖아."

"염색도 하고 피부도 많이 탔으니까. 그리고 분위기가 엄청 변했잖아."

남미의 강렬한 태양에 시커멓게 타고 또 금발로 염색한 머리 탓에 예전의 이미지와는 많이 달라진 그녀지만 타고난 미모는 전혀 변하지 않았다. 다만 도시적이던 분위기가 이제는 완전히 야성적으로 변한지라 사람들이 알아보지 못했을 뿐이다. 같은 사람이라고 하기에는 그 분위기가 달라도 너무나 달랐으니까.

"이번이 정말 마지막이야."

이제 거의 준비가 끝나가는 스태프들을 보며 장택근이 작게 속삭였다.

"다 끝나면 원하는 대로 하자. 다시 한국으로 돌아가든 이대로 아무도 모르는 곳에서 둘이 살든."

그전에 거쳐야 할 과정이 험난할 것이 분명했지만, 장택근도 이지원도 서로 내색하지는 않았다.

"언니도 찾을 수 있을까?"

이제는 둘 사이에 금기가 되어버린 이를 그녀가 언급한 것도 어쩌면 이번에야말로 저주를 풀어낼 수 있을 거란 기대감 때문이리라. 바짝 굳은 얼굴을 한 그가 뭐라 대답하려는데 배기성과 이선영이 고개를 저으며 다가오고 있다.

"아오. 내가 안 나서면 뭐가 되는 게 없어."

"전날까지 이러니 가서 어떻게 할까 몰라요."

그들이 불평을 들으며 장택근이 원래 하려던 말을 삼키고는 이지원에게 눈빛을 보냈다. 그녀가 고개를 끄덕이고는 밖으로 나가 차량의 트렁크를 열었다.

"그럼 바로 싣도록 하죠."

"차량으로 짐 바로 옮기세요! 안 망가지게 제대로 올려두고!"

그녀의 말에 사람들이 금세 짐을 들고 로비를 오가기 시작하고, 장택근이 그들 틈에서 짐을 나르다 문득 이제 막 해가 떠오르기 시작한 하늘을 바라보았다.

다시 처음부터 시작이다.

햇살에 밀려나는 어슴푸레함을 노려보던 그가 속으로 뇌까리는데 어느새 다가온 이지원이 그의 손을 꼭 잡아주었다.

*   *   *

장택근과 이지원이 갑작스러운 충돌사고로 사경을 헤매고 있을 그 무렵, 이와이 슈지는 바닥에 흥건한 피를 닦아내다 한숨을 내쉬었다. 아무리 닦아내도 제대로 닦이지 않는 마룻바닥의 검붉은 얼룩을 보며 그는 인상을 찡그렸다.

나머지는 내일 해야겠다.

허리를 펴며 이리저리 몸을 비틀어대던 그의 눈에 문득 테이블에 올려놓은 노트북이 보였다. 평소라면 무심히 넘겼을 광경에 그가 관심을 둔 것은 노트북의 후면에 꽂힌 메모리 스틱 탓이었다.

"이걸 두고 갔네."

중요한 물건일 게 분명한 메모리 스틱이다. 아무래도 막판에 정신이 없어 깜빡한 모양인데 어떻게 돌려줄지가 막막했다.

따로 주소를 아는 것도 아니고 연락처를 아는 것도 아니라 우편으로 부쳐줄 수도 없는 상황이다. 그렇다고 그대로 갖고 있자니 그 안에 담긴 영상이 여간 께름칙한 것이 아니다.

소파에 주저앉은 그가 한숨을 내쉬며 노트북을 보고 있는데, 갑작스럽게 정지되었던 화면이 움직이기 시작했다.

[스으윽.]

좁은 공간을 내딛는 발소리가 스피커를 통해 울려왔다. 이미 다른 이들과 함께 본 영상인데 지금 보이는 화면은 처음 보는 것이다. 가만히 마우스를 조작해 동영상의 상태를 확인하니 이제껏 보지 못한 5분가량의 영상이 추가되어 있었다.

화면 속의 누군가가 바쁘게 움직이고 있다. 카메라를 어디 바위 턱에라도 올려둔 것인지 기울어진 화면으로 새빨간 모닥불과 짙게 그림자가 깔린 동굴이 보인다.

"어?"

가만히 화면을 바라보던 그는 저도 모르게 얼빠진 소리를 내뱉고 말았다. 그저 다큐멘터리 촬영분의 연장이라 생각하던 영상에 전혀 엉뚱한 장면이 잡힌 탓이다. 불침번일 거라 짐작되는 여인 하나가 분주하게 잠에 빠져든 사람들 사이를 오가고 있다. 넘실거리는 모닥불과 짙게 깔린 그림자 탓에 제대로 얼굴이 보이지는 않았지만 처음 보는 얼굴이다.

침낭 속에서 고개만 내민 채 잠이 든 이지원과 척 보기에도 연약해 보이는 인상의 여인이 깊이 잠들어 있다. 그런 그들 사이를 오가는 여인의 손에 쥐어진 나무줄기가 어쩐지 눈에 들어왔다.

그녀가 끙끙거리며 이지원과 또 다른 여인이 들어 있는 침낭을 모닥불 근처로 끌어당겼다. 동굴의 벽에 기댄 채 잠들어 있던 장택근 역시 질질 끌고 와 그녀들의 곁에 눕히는데 어지간한 사람이라면 잠에서 깨어날 만큼 과격한 동작이었음에도 아무도 깨어날 기미가 없다.

어쩐지 음산하게만 보이는 광경에 이와이 슌지가 눈을 부릅뜨는데 나무줄기를 들고 있던 여인이 손에 쥐고 있던 막대를 모닥불에 불쑥 넣었다 뺐다. 그리고 다시 또 같은 동작을 반복한다.

마치 쇠를 달구듯 몇 번이나 불꽃 속에 나무줄기를 담그던 여인이 불쑥 양손을 허공으로 치켜들었다. 그리고는 기괴한 흥얼거림을 내뱉기 시작했다. 미친 사람의 신음 소리 같기도 하고 노파의 노랫소리 같기도 한 음산한 소리에 이와이 슌지의 온몸에 소름이 돋았다.

대체 어디서 그렇게 연기가 나는 것일까. 보잘것없는 나무줄기에서 끝도 없이 연기가 퍼져 나간다. 그렇게 점점 영역을 넓혀가던 연기가 이내 화면을 가득 채웠다. 안개 속에 가려진 것처럼 뿌옇게 가려진 화면을 보며 그가 저도 모르게 화면에 얼굴을 가까이 가져다 대는데 그 순간 무언가가 화면에 나타났다.

그리고 정전이라도 된 것처럼 오두막이 순식간에 어두워졌다. 탁탁거리며 타오르던 벽난로의 불꽃도, 낡은 형광등의 침침한 불빛도 마치 처음부터 존재하지 않던 것처럼 사라지고 그 자리에 새까만 어둠이 자리를 잡았다.

『얼라이브』완결

이 시대를 선도하는 이북 사이트

이젠북

www.ezenbook.co.kr

더욱 막강해진 라인업!
최강의 작가들이 보이는 최고의 재미.

이들의 "유료연재"가 시작됩니다!

김재한 『성운을 먹는 자』
홍정훈 『월야환담 광월야』
이지환 『어린황후』
좌백 『천마군림 2부』
김정률 『아나크레온』

태제 『태왕기 현왕전』
전진검 『퍼팩트 로드』
방태산 『완벽한 인생』
왕후장상 『전혁』
설경구 『게임볼』

검색창에 **이젠북** 을 쳐보세요! ▼ 🔍

현대 소환술사

THE MODERN SUMMONER

FUSION FANTASTIC STORY

현윤 퓨전 판타지 소설

하늘이 무너져도 솟아날 구멍은 있다!

드래곤의 실험으로 모진 고난을 겪어야 했던 레비로스!
우여곡절 끝에 소환술사가 되어 최강의 자리에 오르지만
운명은 그를 나락으로 떨어뜨린다.

『현대 소환술사』

다시 한 번 주어진 삶!
그러나 그마저도 암울하기 그지없는데…….

소환술사 레비로스의
인생 역전이 시작된다!

Book Publishing CHUNGEORAM

운명이 아닌 자유추구
www.chungeoram.com

FUSION FANTASTIC STORY

니콜로 장편 소설

아레나
이계사냥기

『경영의 대가』
니콜로 작가의 신작 소설!

서른을 앞둔 만년 고시생 김현호.
어느 날, 꿈에서 본 아기 천사에게 충격적인 이야기를 듣는데…….

"모르시겠어요? 당신 죽었어요."

뭐?! 내가 죽었다고?

"그리고…… '율법' 에 의해 시험자로 선택받으셨어요."

김현호에게 주어진 시험!
시험을 완수해야만 살 수 있다.

현실과 제2차원계 아레나를 넘나들며,

새 삶의 기회를 얻기 위한
그의 치열한 미션이 시작된다!

Book Publishing CHUNGEORAM

유행이 아닌 자유추구 -
WWW.chungeoram.com

가프 장편 소설

관상왕의 1번룸

FUSION FANTASTIC STORY

거대한 도시의 그늘에서 벌어지는
짜릿하고 통쾌한 이야기!

『관상왕의 1번룸』

텐프로의 진상 처리 담당, 홍 부장.
절망적인 삶의 끝에서 만난 남국의 바다는
그를 새로운 인생으로 인도하는데……

쾌락을 원하는 거부, 성공에 목마른 사업가,
그리고 실패로 절망한 사람들이여.

여기, 관상왕의 1번룸으로 오라!

Book Publishing CHUNGEORAM

유행이 아닌 자유추구 -
WWW.chungeoram.com